琼 瑶
作品大合集

苍天有泪 3

人间有天堂

琼瑶 著

作家出版社

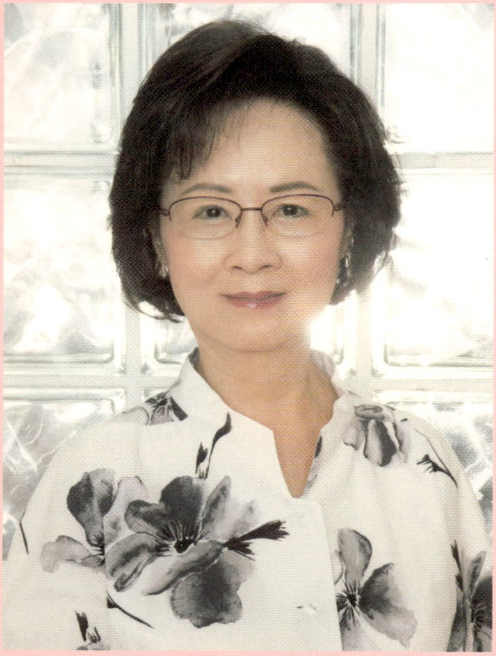

琼瑶，本名陈喆，作家、编剧、作词人、影视制作人。原籍湖南衡阳，1938年生于四川成都，1949年随父母由大陆赴台生活。16岁时以笔名心如发表小说《云影》，25岁时出版首部长篇小说《窗外》。多年来笔耕不辍，代表作包括《烟雨蒙蒙》《几度夕阳红》《彩云飞》《海鸥飞处》《心有千千结》《一帘幽梦》《在水一方》《我是一片云》《庭院深深》等。

多部作品先后改编成为电影及电视剧，琼瑶也因此步入影视产业。《六个梦》系列、《梅花三弄》系列、《还珠格格》系列等，影响至深，成为几代读者与观众共同的记忆。

琼瑶以流畅优美的文笔，编织了众多曲折动人的故事。其作品以对于梦的憧憬和爱的执着，与大众流行文化紧密结合，风靡半个多世纪，成为华文世界中极重要的文学经典。

我為愛而生，我為愛而寫
文字裡度過多少春夏秋冬
文字裡留下多少青春浪漫
人世間雖然沒有天長地久
故事裡火花燃燒愛也依舊

　　　　　　　　　寶瑤

21

　　雨凤被这一场雨，彻底地清洗过了。她恢复了神志，完全醒过来，也重新活过来了。回到房里，换上了干净的衣服，她就乖乖地吃了药，而且，觉得饿了，雨鹃捧了刚熬好的鸡汤过来，她也顺从地吃了。大家含泪看着她吃，个个都激动不已。每个人这才都觉得饿了。

　　晚上，雨停了。

　　雨凤坐在窗前的一张躺椅里，身上盖着夹被。依然憔悴苍白，可是，眼神却是那么清明，神志那么清楚。云飞看着，心里就被"失而复得"的喜悦涨满了。他细心地照顾着她，一会儿倒茶，一会儿披衣，一会儿切水果。

　　她看着窗外出神。窗外，天边悬着一弯明月。

　　"雨停了，天就晴了，居然有这么好的月亮。"她说。

　　他走过来，在她身边坐下，深深地凝视她：

　　"对我而言，这就是'守得云开见月明'！"

她转头看他,对他软弱地笑了笑。

"看到你又能笑了,我心里的欢喜,真是说都说不出来。"

她握住他的手,充满歉意地说:

"让你这么辛苦,对不起。"

他心中一痛,情不自禁,把她的手用力握住。

"干吗?好痛!"

"我要让你痛,让你知道,你的'对不起'是三把刀,插在我心里,我太痛了,就顾不得你痛不痛!"

她眼中涌上泪雾。他立即说:

"不许哭,眼泪已经流得太多了!不能再哭了!"

她慌忙拭去泪痕,又勉强地笑了,看看四周,轻声说:

"结果,我还是被你'金屋藏娇'了!"

他注视她,不知道是否冒犯了她。然后,他握起她的双手,深深地、深深地、深深地看着她,温柔而低沉地说:

"雨凤,我要告诉你我的一段遭遇。因为那是我心里最大的伤痛,所以我一直不愿意提起。以前虽然跟你说过,也只是轻描淡写。"

她迎视着他的眼光,神情专注。

"我说过,我二十岁那年,就奉父母之命结婚了。映华和你完全不一样,她是个养在深闺、不解人间世事的姑娘。非常温柔,非常美丽。那时的我,刚刚了解男女之情,像是发现了一个无法想象的新世界,太美妙了!我爱她,非常非常爱她,发誓要和她天长地久,发誓这一生,除了她,再也不要别的女人!"

她听得出神了。

"她怀孕了,全家欣喜如狂,我也高兴得不得了。我怎样都没有想到,有人会因为'生'而'死',幸福会被一个'喜悦'结束掉!映华难产,拖了三天,终于死了,我那出生才一天的儿子跟着去了。在那一瞬间,生命对于我,全部变成零!"

他的陈述,勾动往日的伤痛,眼神中,充满痛楚。

她震动了,不自觉地握住他的手,轻轻搓揉着,想给他安慰,想减轻他的痛楚。

"你不一定要告诉我这个!"她低柔地说。

"你应该知道的,你应该了解我的全部!我今天告诉你这些,主要是想让你知道,当你抗拒整个世界,把自己封闭退缩起来的那种感觉,我了解得多么深刻!因为,我经历过更加惨痛的经验!映华死了,我有七天不吃不喝的纪录,我守在映华的灵前,让自责把我一点一滴地杀死!因为映华死于难产,我把所有的过错都归于自己,是我让她怀孕的,换言之,是我杀死她的!"

她睁大了眼睛,看着痛楚的云飞。

"七天七夜!你能想象吗?我就这样坐在那儿,拒绝任何人的接近,不理任何人的哀求!最后,我娘崩溃了!她端了一碗汤,到我面前来,对我跪下,说:'你失去了你的妻子和儿子,你就痛不欲生了,这种痛,你比谁都了解!那么,你还忍心让失去媳妇和孙子的我,再失去一个儿子吗?'"

云飞说着,眼中含泪,雨凤听得也含泪了。

"我娘唤醒了我,那时,我才明白,生命的意义,不在于金钱,不在于权势,只在于'爱',当有人爱你的时候,你根本没有权利放弃自己!你有责任和义务,为爱你的人而活!这也是后来,我会写《生命之歌》的原因!"

雨凤热烈地看着他,感动而震动了。

"我懂了!我知道你为什么讲这个给我听,我……好心痛,你曾经经历过这样悲惨的事,我还要让你再痛一次!我以后不会了,一定不再让你痛了!"她忏悔地说。

他把她拉进了自己的怀里,轻轻地拥住她:

"你知道,当你拒绝全世界的时候,我有多么恐惧和害怕吗?我以为,我会再'失去'一次!只要想到这个,我就不寒而栗了!"

"你不会失去我了,不会了!不会了!"她拼命摇头。

"你答应我!"

"我答应你!"

云飞这才抬头凝视她,小心地问:

"那么,还介意被我'金屋藏娇'吗?"

她情不自禁,冲口而出:

"藏吧!用'金屋',用'银屋',用'木屋',用'茅草屋'都可以,随你怎么藏,随你藏多久!"

他把她的头,紧压在胸前:

"我'藏'你,主要是想保护你,等你身体好了,我一定要跟你举行一个盛大的婚礼,告诉全天下,我娶了你!在结婚之前,我绝不会冒犯你,我知道你心中有一把道德尺规,我会非常非常尊重你!"

她不说话,只是紧紧地依偎着他,深思着。半晌,她小小声地开了口:

"慕白……"

"怎样?"

"我没有映华那么好,怎么办?你会不会拿我跟她比,然后就对我失望了?你还在继续爱她,是不是?"

"我就猜到你可能会有这种反应,所以一直不说!"

"我知道我不该跟她吃醋,就是有点情不自禁。"

他用手托起她的下巴,一瞬也不瞬地,看进她内心深处去:

"她是我的过去,你是我的现在和未来,在我被我娘唤醒的那一刻,我也同时明白了一个道理,人,不能活在过去里,要活在现在和未来里!"他虔诚地吻了吻她的眉、她的眼,低低地说:"谢谢你吃醋,这表示,我在你心里,真的生根了!"

他的唇,从她的眉、她的眼,滑落到她的唇上。

雨凤回到人间,雨鹃的心定了。跟着要解决的问题,就是郑老板的求亲。她没有办法再拖延下去,必须面对现实,给金银花一个交代了。

这天,她到了待月楼。见到金银花,她期期艾艾地开了口:

"金大姊,我今天来这儿跟你辞职,我和雨凤,都决定以后不登台,不唱曲了……"

她的话还没说完，金银花已经满腹怀疑，气急败坏地瞪着她，问：

"到底发生了什么事？你们姊弟五个，忽然之间，连夜搬家！现在，你又说以后不唱曲了，难道，我金银花有什么地方亏待了你们吗？还是提亲的事，把你们吓跑了？还有，你脸上的伤是怎么回事？谁那么大的胆子，敢伤你的脸？"

雨鹃咽了口气，发生在自己身上的事，关系到女儿家的名节，尤其是雨凤，她那么在乎，自己一个字都不能泄露。她退了一步，说：

"你不要胡思乱想，你对我们姊妹的恩情，我们会深深地记在心底，一辈子都不会忘记的！这次匆匆忙忙地搬家，没有先通知你，实在是有其他的原因！不唱曲也是临时决定的，雨凤生病了，我们一定要休息，而且，你也是知道的，雨凤注定是苏慕白的人了，慕白一直不希望她唱，现在，她已经决心跟他了，就会尊重他的决定！"

"苏慕白，你是说展云飞！"

"我是说苏慕白，就是你说的展云飞！"雨鹃对于"展云飞"三个字，仍然充满排斥和痛苦。

"好！我懂了。雨凤跟了展云飞，从此退出江湖。那么，你们已经搬去跟他一起住了，是不是？"

"应该是说，他帮我们找了一个房子，我们就搬进去了！"

"不管怎么说，就是这么一回事就对了！那么，你呢？"

"我怎么？"

金银花着急，一跺脚：

"你跟我打什么马虎眼呢？雨凤不唱，你也不唱了！那么，雨凤跟了展云飞，你不会也跟了展云飞吧？"

"哪有这种事？"雨鹃涨红了脸。

"这种事可多着呢，娥皇女英就是例子！好，那你的意思是说不是！那么，郑老板的事怎么说？你想明白了吗？"

雨鹃对房门看了一眼。阿超正在外面等着，她应该一口回绝了郑老板才是。可是，她心里千回百转，萦绕着许多念头，真是千头万绪，剪不断，理还乱：

"金大姊，请你再多给我一点时间考虑，好不好？"

"我觉得你是一个很爽快的人，怎么变得这样不干不脆？"金银花仔细打量她，率直地问，"你们是不是碰到麻烦了？你坦白告诉我，你脸上有伤，雨凤又生病，你们连夜搬家，所有的事拼起来，不那么简单，珍珠他们说，早上他们来上班，你还有说有笑。你不要把我当成傻瓜！到底是什么事？需不需要郑老板来解决？你要知道，如果你们被人欺负了，那个人就是在太岁头上动土！"

雨鹃瞪大眼看着金银花，震动了一下：

"我们好像一直有麻烦，从来没有断过！你猜对了，我们是碰到了麻烦，可是，我现在不想说，请你不要勉强我。我想，等过几天，我想清楚了，我会再来跟你谈，现在，我的脑子糊里糊涂，好多事都没理清楚……总之，这些日子以来，你照顾我们，帮助我们，真是谢谢了！现在，你正缺人，我们又不能登台，真是对不起！"

"别说得那么客气，好像忽然变得生疏了！"金银花皱皱眉头，"你说还要时间考虑，你就好好地考虑！这两天，待月楼好安静，没有你们姊妹两个唱曲，没有展家兄弟两个来斗法，连郑老板都是满肚子心事……好像整个待月楼都变了。说实在的，我还真舍不得你们两个！我想……大家的缘分，应该还没结束吧！"

雨鹃点头。金银花就一甩头说：

"好了！我等你的消息！"

"那我走了！"

雨鹃往门口走。金银花忽然喊住：

"雨鹃！"

雨鹃站住，回头看她。金银花锐利地盯着她，话中有话地说：

"你们那个苏慕白和展夜枭是亲兄弟，不会为你们姊妹演出'大义灭亲'这种戏码！真演出了，雨凤会被桐城的口水淹死！所以，如果有人让你们受了委屈，例如你脸上的伤……你用不着演下去，你心里有数，有个人肯管、会管、要管，也有办法管！再说，雨凤把云飞带出展家，自立门户，你们和展家的梁子，就结大了！这桐城嘛，就这么两股势力，你可不要弄得'两边不是人'！"

金银花这一篇话，惊心动魄，把雨鹃震得天旋地转。一直觉得郑老板的求婚，不是一个"不"字可以解决，现在，就更加明白了。一个展云翔，已经把萧家整得七零八落，再加上郑老板，全家五口，要何去何从呢？至于郑老板的"肯管、会管、要管，也有办法管……"依然诱惑着她，父亲的血海深仇，自己和雨凤的屈辱，怎么咽得下去？她心绪紊乱，矛盾极了。

从待月楼出来，她真的是满腹心事。阿超研究地看看她，问：

"你说了吗？"

"什么？"

"你讲清楚了没有？"

"讲清楚了，我告诉她我们不再登台了！"她支吾着说。

"那……郑老板的事呢，也讲清楚了吗？"

"那个呀……我……还没时间讲！"

"怎么没时间讲呢？那么简单的一句话，怎么会没时间讲？"他着急地瞪她。

她低着头，看着脚下，默默地走着，半晌不说话。他更急：

"雨鹃，你在想什么？你心里有什么打算？你告诉我！"

雨鹃忽然站定了，抬头一瞬也不瞬地看着他，哑声地说：

"昨天晚上，我听到你和慕白在花园里谈话，你们是不是准备回去找那个夜枭算账？"

"对！等你们两个身体好了，我们一定要讨还这笔债！他已经让人忍无可忍了，如果今天不处理这件事，他还会继续害人，说不定以为你们好欺负，还会再来！这种事发生过一次，绝对不能发生第二次！"

"你们预备把他怎样？杀了他？还是废了他？"

"我想，你最好不要管！"

"我怎么能不管？万一你们失手，万一像上次那样，被他暗算了！那怎么办？"

"上次是完全没有防备，这次是有备而去！情况完全不一样，怎么可能失手呢？你放心吧！你不是心心念念要报仇吗？我帮你报！"

雨鹃瞪着他，心里愁肠百结：

"我不要你帮我报仇，我要你帮我照顾大家！你答应过我，你会照顾小四，他好崇拜你，你要守着他，让他变成一个顶天立地的男子汉！雨凤和慕白，他们爱得这么刻骨铭心，雨凤不能失去慕白！你也要保护他们，让他们远离伤害！小三、小五都好脆弱，未来的路还那么长，这些，都是你的责任！"

"你说这些干什么？好像你不跟我们在一起似的！"阿超惊愕地看她。

"我不要你们两个受伤，不要你们陷于危险！我宁可你们放他一马，不要去招惹他了！"雨鹃的语气里带着哀恳。

"你要放掉他？你不要报仇了？你甘心吗？"

"我不甘心！可是，如果你们两个有任何闪失，我们五个，要怎么办？"

阿超挺直背脊，意志坚决地说：

"雨鹃！跟展夜枭算账，是我一定要做的事，如果我不做，我就不是一个男人！因为他侵犯了你，对大少爷而言，是一样的！他鞭打我，暗算大少爷，我们都可以忍下去，伤害到你们，他就死定了！他明明知道这一点，可是，他还是胆大包天，敢去做，他就看准了大少爷会顾及兄弟之情，不敢动手！如果我再不动手，谁能制得了他？"

"你动手之后，会怎样？你们想过后果没有？一命要还一命！"

"这个……我想过了。大少爷是个文人，从来就不跟人动手，真正动手的是我！如果必须一命还一命，我保证让大少爷不被牵连，我会抵命！"

"你抵命，那……我呢？"

"你……"他怔了怔，"情况不会那么坏，万一如此，你多珍重！"

她瞅着他，点点头，明白了。在他心里，受辱事大，爱情事小。在自己心里，难道不是这样吗？一直认为报仇事大，其他的事都不重要。什么时候，自己竟然变了？她低下头去，默默地走着，不再说话，心里是一片苍凉。

第二天早上，大家吃完了早餐，小四背着书包，上学去了。云飞看到雨凤已经完全恢复了健康，生活也已经上了轨道，就回头看了阿超一眼，阿超很有默契地点了点头。云飞就对雨凤叮嘱：

"我和阿超出去一趟，会尽快赶回来，书桌抽屉里有钱，如果我有事耽误，你拿去用！"

雨凤和雨鹃都紧张起来。雨凤急急地问：

"什么叫有事耽误？你要去哪里？"

"放心！我有了你这份牵挂，不会让自己出事的！"云飞说。

雨鹃奔到阿超面前，喊：

"你记着！你也不是无牵无挂的人，你也'不许'让自己出事！"

阿超点点头，什么话都不说。两人再深深地看了姊妹二人一眼，就一起出门去了。

雨凤眼睁睁看着他们走出大门，心脏怦咚怦咚跳得好厉害，她跌坐在一张椅子里，心慌意乱地说：

"我应该阻止他，我应该拦住他……"

"我试过了，没有用的！"雨鹃说，"我想，这次的事件，他们比我们受到的伤害更大！再说，我们也不能因为自己的儿女情长，就让他们英雄气短！"

"我不在乎他们做不做英雄，我只在乎他们能不能长命百岁，和我们天长地久！"雨凤冲口而出，"只有珍惜自己，才是珍惜我们呀！"

雨鹃困惑而迷惘，她是不会苟且偷生的，能和敌人"同归于尽"，也是一份"壮烈的凄美"！但是，她现在不要壮烈，不要凄美，她竟然和雨凤一样，那么渴望"天长地久"，她就对这样的自己，深深地迷惑起来。

云飞和阿超，终于回到了展家。

他们两个一进门，老罗就紧张地对家丁们喊着：

"快去通知老爷太太，大少爷回来了！快去……快去……"

家丁们就一路嚷嚷着飞奔进去：

"大少爷回来了……大少爷回来了……"

云飞和阿超对看一眼，知道家里已经有了防备，两人就快步向内冲去。一直冲到云翔的房门口,阿超提起脚来,对着房门用力一踹,房门砰的一声被冲开。云飞就大踏步往门里一跨,气势凌人地大吼:

"展云翔!你给我滚出来!我今天要帮展家清理门户!"

云翔正在房里闲荡,百无聊赖,心烦意乱。眼看云飞和阿超杀气腾腾地冲进来,他立刻跳上床,拉着棉被就盖住装睡。

天虹吓了一跳,急急忙忙拦门而立,哀声喊:

"云飞!你要干什么?"

阿超蹿到床前,一把就扯住云翔的衣服,把他拉下床来。云翔大叫:

"你是什么东西,敢跟我动手动脚!"

阿超咬牙切齿,恨恨地喊:

"我让你知道我是什么东西!"

他双手举起云翔,用力往地上一摔。云翔跌在地上,大喊:

"哎哟!哎哟!奴才杀人啊……"

阿超扑上去,新仇旧恨,全体爆发,抓住他就拳打脚踢。

这时,祖望、梦娴、品慧、纪总管、齐妈、老罗以及丫头家丁纷纷赶到。一片呼叫声。祖望气急败坏地喊:

"云飞!他是你的弟弟呀!他已经遍体鳞伤,你怎么还下得了手?难道你就全然不顾兄弟之情了吗?"

云飞目眦尽裂:

"爹!你问问这个魔鬼,他有没有顾念兄弟之情?我今天来这儿,是帮你除害!你再袒护他,你再纵容他,有一天,他会让整个展家,死无葬身之地!"

品慧尖叫着扑了过来:

"阿超……你敢再碰他一下,我把你关进大牢,让你一辈子出不来……"

梦娴就合身扑向云飞,急切地喊:

"云飞!有话好好说,你一向反对暴力,反对战争,怎么会这样沉不住气?不可以……绝对不可以!"

阿超一把推开了品慧,把云翔从地上提了起来,用胳膊紧勒着他的脖子,手腕用力收紧。云翔无法呼吸了,无法说话了,涨红了脸,一直咳个不停。阿超就声色俱厉地喊:

"大少爷!你说一句话,是杀了他,还是废了他?"

云飞还来不及说话,天虹冲上前来,扑通一声,给阿超跪下了,凄然大喊:

"阿超,你高抬贵手!"

她这样一跪,阿超大震,手下略松,喊着:

"天虹小姐!你不要跪我!"

"我不只跪你,我给你磕头了!"天虹说着,就磕下头去。

"天虹小姐,你不要为难我,这个人根本不是人……"

天虹见阿超始终不放云翔,便膝行至云飞面前,哭着拜倒下去:

"云飞,我从来没有求过你什么,我也知道,云翔犯下大错,天理不容!我知道你有多恨,有多气,我绝对比你更恨更气,可是,他是你的弟弟,是我孩子的爹,我什么都没有,连尊严都没有了，我只想让我的孩子，有爹有娘……请你可怜我，成全了我吧！"

云飞听了，心为之碎。一伸手，要搀扶她：

"你起来！不要糟蹋你自己，你这样说，是逼我放手，可是，他没有心，没有感情，他不值得你跪！他做了太多伤天害理的事，实在不可原谅……"

天虹跪着，不肯起来。祖望大喊：

"云飞！不管云翔有多么荒唐，有多么混账，他和你有血脉之亲，如果你能狠下心杀他，你不是比他更加无情，更加冷血吗？"

"现在，我才知道什么叫'恨之入骨'，什么叫'切肤之痛'！他能把我逼到对他用武力，你得佩服他，那不是我的功力，那是他的功力……"

这时，门外传来一阵吼声，天尧带着展家的"夜枭队"气势汹汹地冲进门来，个个都是全副武装，手里有的持刀，有的拿棍，迅速地排成一排。天尧就往前一冲，手里的一把尖刀，立刻抵在云飞的喉咙上，他大笑着说：

"阿超，你动手吧！我们一命抵一命！"

阿超大惊，不知道是去救云飞好，还是继续挟持云翔好。

云飞仰天大笑了，一面笑着，一面凄厉地喊：

"爹！你这样对我？这个出了名的夜枭队，今天居然用在我的身上？你们早已严阵以待，等我好多天了！是不是？好极了，我今天就和他同归于尽！阿超……"

天虹本来跪在云飞面前，这时，一看情况不对，又对着天尧磕下头去。她泪流满面，凄然大喊：

"哥！我求你，赶快松手！我给你磕头……我给你磕头……"就磕头如捣蒜。

"天虹……"天尧着急，"你到底在帮谁？"

天虹再膝行到纪总管面前，又磕下头去：

"爹……我也给你磕头了！请你们不要伤害云飞……我磕……我磕……"她磕得额头都肿了。

纪总管看着这个女儿，简直不知道该怎么办才好，想着她还有身孕，心碎了：

"罢了罢了！"他抬头大声喊："天尧！放掉云飞！"

天尧只得松手。他一松手，天虹就转向阿超，再拜于地：

"阿超……我求你！我给你磕头……求求你……求求你……请你放掉云翔吧！"她连连磕头。

阿超再也受不了这个，长叹一声，用力推开云翔。他跳起身子，对云飞说：

"大少爷，对不起！我没办法让天虹小姐跪我！让天虹小姐给我磕头！"

云翔躺在地上哼哼。品慧、天尧、丫头们慌忙去扶。

云飞见情势如此，只得认了。但是，心里的怒火，怎样都无法平息。那些愤恨，怎样都咽不下去。他指着云翔，斩钉截铁，一字一字，清清楚楚地说：

"展云翔！我告诉你，今天饶你一命！如果你再敢欺负任何老百姓，伤害任何弱小，只要给我知道了，你绝对活不成！你最好相信我的话！你不能一辈子躲在老婆和父母的怀里！未来的日子还长得很，你小心！你当心！"

云飞说完，掉头就走。阿超紧跟着他。

祖望看得心惊胆战，对这样的云飞，不只失望，而且害怕。他不自禁地追到庭院里，心念已定，喊着：

"云飞！别走！我还有话要说，我们去书房！"

云飞一震，回头看着祖望，点点头。于是，父子二人，就进了书房。

"为了一个江湖女子，你们兄弟如此反目成仇，我实在无法忍受了！"祖望说。

"爹，你不知道云翔做的事，你根本不认识这个儿子……"

"我知道云翔对雨凤做了什么……"

云飞大震抬头，愕然地看着祖望，惊问：

"什么？爹？你说你知道云翔做了什么事？"

"是！他跟我坦白地说了，他也后悔了！我知道这事对任何一个男人而言，都是无法忍受的事！现在，你打也打了，骂也骂了，他也受到教训，浑身是伤，你是不是可以适可而止了？"

云飞无法置信地看着父亲，喃喃地说：

"原来你知道真相！你认为我应该适可而止？"

"反正雨凤并没有损失什么，大家就不要再提了！为了一个女人，兄弟两个，拼得你死我活，传出去像话吗？这萧家，跟展家实在犯冲，真弄不明白，为什么她们像糨糊一样，黏着我们不放，一直跟我们家这样纠缠不清？"

"她跟我们纠缠不清？还是我们一直去纠缠人家？"云飞

怒极，拼命压抑着。

"反正，好人家的女儿，绝不会让兄弟反目，也绝不会到处留情！"

云飞一口气憋在胸口，差点没晕倒：

"好好好！你这样说，我就明白了！云翔没错，错的是萧家的女儿……好好好，我现在才知道，人类多么残忍，'是'与'非'的观念多么可笑！"

"小心你的措辞！好歹我是你爹！"

"你知道吗？所有的父母都有一个毛病，当'理'字站不住的时候，就会把身份搬出来！"

祖望大怒，心里对云飞仅存的感情，也被他的咄咄逼人赶走了，他一拍桌子，怒气冲冲地大喊：

"你放肆！我对你那么疼爱，那么信赖，你只会让我伤心失望！你一天到晚批评云翔，骂得他一无是处！可是，你呢？对长辈不尊敬，对兄弟不友爱，对事业不能干，只在女人身上用功夫！你写了一本《生命之歌》，字字句句谈的是爱，可是，你的行为，完全相反！你不爱家庭，不爱父母，不爱兄弟，只爱女人！你口口声声反对暴力，歌颂和平，你却带着阿超来杀你的弟弟！这样一个口是心非的你，你自己认为是'无缺点'的吗？"

云飞也大怒，心里对父亲最后的敬爱，也在瓦解。他气到极点，脸色惨白：

"我从没有认为自己'无缺点'，但是，现在我知道，我在你眼里，是'无优点'！你这样的评价，使我完全了解，我在你心里的地位了！你把我说得如此不堪，好好好，好好好……"

祖望深抽口气，努力平定自己激动的情绪：

"好了！我们不要谈这个！听说你在塘口，已经和萧家姑娘同居了……"

"你们对我的一举一动，倒是清楚得很！"

祖望不理他，带着沉痛和伤感，狠心地说了出来：

"我想，你就暂时住在塘口吧！我老了，实在禁不起你们兄弟两个，动不动就演出流血事件！过几天，我会把展家的财产，做一个分配，看哪一些可以分给你。我不会让你缺钱用，你喜欢什么，也可以告诉我，例如银楼、当铺、绸缎庄……你要什么？"

云飞震动极了，深深地看着父亲，几乎不相信自己的耳朵，哑声说：

"爹，你在两个儿子中，做了一个选择！"他深吸口气，沉痛已极："以前，都是我闹着要离家出走，这次，是你要我走！我明白了！"他凝视祖望，悲痛地摇摇头："不要给我任何财产，我用不着！我留下溪口的地，和虎头街那个已经收不到钱的钱庄！至于那些银楼当铺绸缎庄，你通通留给云翔吧，我想，在没有利害关系之后，他大概可以对我放手了！"

祖望难过起来：

"我不是不要你，是……自从你回家，家里就三天两头出事……"

云飞很激动，打断了他：

"你的意思已经非常明白，不用多说了！你既然赶我走，我一天都不会停留，今天就走！我们父子的缘分，到此为止！我走了之后，不会再姓展，我有另外一个名字，苏慕白！以后，展家的荣辱，与我无关，展家的财产，也与我无关！展家的是是非非，都与我无关！只是，如果展家有人再敢伤害我的家人，我一定不饶！反正，我也没有弟弟了！什么兄弟之情，我再也不必顾虑了！"

祖望听到这些话，知道他已经受到重大伤害，毕竟是自己心爱的儿子，他就心痛起来：

"云飞，我不是这个意思，你何必说得这么绝情！"

云飞仰天大笑，泪盈于眶：

"绝情？今天你对我说的每一个字，每一个指责，每一个结论，以至你的决定，加起来的分量，岂止一个'绝情'？是几千几万个'绝情'！是你斩断了父子之情，是你斩断了我对展家最后的眷恋！我早就说过，我并不在乎姓展！现在，我们两个，都可以解脱了！谢谢你！我走了！"

云飞转身就走，祖望的心痛，被他这种态度刺激，完全消失了，取而代之的，是气不打一处来：

"你这是什么态度？你回来！我话还没有说完……"

云飞站住，回身，眼神凄厉：

"你没有说完的话，还是保留起来比较好，免得我们彼此伤害更深！再见了！你有云翔'承欢膝下'，最好多多珍重！"

云飞说完，打开房门，头也不回地大步而去。祖望大怒：

"哪有你这样的儿子,连一句好听的话都没有!简直是个冷血动物!你有种,就永远别说你姓展!"

云飞怔了一下,一甩头,走了。

云飞直接回到自己的房间,开始收拾自己的东西。梦娴追着他,一伸手抓住他的手腕,急急地说:

"到底是怎么回事?我有一肚子的话要问你,为什么和云翔闹得这样严重?这些天,你人在哪里?听说雨凤搬家了,搬到哪里去了?是不是和云翔有关?"

云飞带着悲愤,激动地一回头,说:

"娘,对不起,我又让你操心了!云翔的事,你了解我的,只要我能忍,我一定忍了!可是,他那么坏,坏到骨子里,实在让人没办法忍下去。我本来不想说,但是,你一定会不安心……娘,他去萧家,捆绑了雨鹃和两个小的,打伤两个大的,还差点强暴了雨凤!"

梦娴和齐妈,双双大惊失色。

"幸亏雨凤枕头下面藏着一把匕首,她拼了命,保全了她和雨鹃的清白……可是,在挣扎打斗中,弄得全身都是伤,割破二十几个地方,被打得满脸青青紫紫,雨鹃也是。两个小的吓得魂飞魄散!"他看着梦娴,涨红了眼眶,"我真的想杀掉云翔!如果他再敢碰她们,我绝对杀掉他!即使我要因此坐牢,上断头台,我都认了!"

梦娴心惊胆战,感到匪夷所思:

"云翔……他为什么要这样做呢?他有天虹,他要姑娘,什么样的都可以要得到，他为什么要这样做？"

"他根本就是一个疯子，完全不能以常理去推测！就像他要天虹一样！他不爱天虹，就因为天虹心里有我，他不服气，就非娶到不可！娶了，他也不珍惜了！欺负雨凤，明明就是冲着我来的！最可恶的就是这一点！哪有这样的弟弟呢？爹居然还维护着他，在两个儿子里做了一个选择，赶我走！娘，请你原谅我，我和展家，已经恩断义绝了！"就回头喊，"阿超，你去把我的书、字画、抽屉里的文稿，通通收拾起来！再去检查一下，有什么我的私人物品，全部给我打包！"

"是！"阿超就去书桌前，收拾东西。

梦娴急得心神大乱，追在云飞后面喊：

"怎么会这样呢？云飞，你不要这样激动嘛，你等一下，我去跟你爹谈，你们父子之间，一定有误会，你爹不可能要赶你走！我绝对不相信，你们两个就是这样，每次都是越说越僵！齐妈……把他的衣服挂回去！"

齐妈走过去，拉住云飞手里的衣服：

"大少爷，你不要又让你娘着急！"

云飞夺下齐妈手里的衣服，丢进皮箱里：

"齐妈，以后不要叫我大少爷，我姓苏，叫慕白，你喊我慕白就可以了！大少爷在我生命里已经不存在了，在你们生命里也不存在了！"他转头深深地看梦娴，沉痛而真诚地说："娘！在爹跟我说过那些话之后，我绝对不可能再留下来了！但是，你并没有失去我，我还是你的儿子！"他走到书桌前，写了一个地址，交给她："这是我塘口的地址，房子虽然不豪华,但是很温暖。现在一切乱糟糟,还没就绪,等到就绪了,我接你一起住!我跟你保证,你会有一个比现在强一百倍的家!"

梦娴眼泪汪汪:

"但是,我是展家人啊!我怎么离得开展家呢?"

云飞握住她的双臂,用力地摇了摇,坚定地说:

"不要难过,坚强一点!如果你难过,会让我走得好痛苦!我的生命里,痛苦已经太多,我不要再痛苦下去!娘,为我高兴一点吧!这一走,解决了我所有的问题,不用再和云翔共处,不用去继承爹那些事业,对我真的是一种解脱。何况,我还有心爱的人朝夕相伴……你仔细想一想,就不会难过了!你应该欢喜才是!"

梦娴凝视他,眼泪滚了出来:

"我懂了。这次,我不留你了!"她握紧手里的地址:"答应我,在我有生之日,你不离开桐城!让我在想见你的时候,随时可以去看你!"

云飞郑重地点头:

"我答应!"

母子深深互视,千言万语,都在无言中了。

就这样,云飞和阿超带着一车子的箱子、字画、书籍、杂物回到塘口的新家。

雨凤、雨鹃、小三、小五都奔出来。雨凤看到他们两个,就惊喜交集,不住看云飞的脸、云飞的手:

"你回来了！好好的吗？有没有跟人打架？怎么去了那么久？我担心得不得了！"

阿超往雨鹃面前一站，惭愧地、抱歉地说：

"雨鹃，对不起，我没能帮你报仇，因为，天虹小姐给我跪下来了，她一直磕头，一直拜我，我受不了这个！天虹小姐对我有恩，以前冒险偷钥匙救我，她一跪，我就没辙了！"

雨鹃明白了，大大地松了一口气，竟然欢呼起来：

"你们全身而回，我们就谢天谢地了！那个仇，暂时搁下吧！"

小三好奇地看着那些箱子：

"慕白大哥！你们以后都住这儿，不会离开了，是不是？"

"是！"云飞看看雨凤和雨鹃，"我现在只有一个家，就是这儿！我现在只有一个名字，就是苏慕白！我不离开这儿，除非跟你们一起离开！"

小五跑过去，把他一抱，兴奋地大叫：

"哇！我好高兴啊！以后，再也不怕那个魔鬼了！"

雨凤疑惑地看着他，心里有些明白了。云飞带着沉痛，带着自责，说：

"我想为你们讨回一点公道，但是，我发现，在展家根本没有'公道'这两个字！我想给那个夜枭一点惩罚，结果，我发现，我实在很软弱，我不是一个狠角色，心狠手辣的事，我就是做不下去！我觉得很沮丧，对不起你！"

雨凤眼眶一热，泪盈于眶，喊着：

"别傻了！我只要你好好的，别无所求！你的命跟展夜枭的命怎么能相提并论？如果你杀了他，我也不会有什么好处，但是，你有一丁点儿的伤痛，我就会有很大很大的伤痛！请你为了我，不要受到伤害，就是你宠我疼我了！"

"是吗？"

雨凤拼命点头：

"你出门的时候，我知道你会回去找他算账，我就想拦你，想阻止你！可是，我知道那是你的家，你迟早要回去，也迟早要面对他！我无法把你从那个家庭里连根拔起，我也没办法阻止你去找他！可是，从你离开，我就心惊肉跳！现在，看到你平安回来，我已经太感恩了！你所谓的软弱，正是你最难能可贵的地方，善良和柔软绝对不是罪恶！请你为我软弱一点吧！"

云飞激动地握住了她的手：

"上苍给了我一个你，这么知我解我，我还有什么可怨可恨呢？从此，为你死心塌地当苏慕白！再也没有展云飞了！"

22

　　云飞带回来的东西里，百分之八十都是书。还好，这新租的房子里，有一间现成的书房。这天下午，阿超忙着把云飞的书本搬进房，雨鹃帮忙，把大摞大摞的书，拿到书架上去。两人一边收拾，一边谈话：

　　"这么说，慕白和展家是恩断义绝了！"

　　"是！大少爷说……"

　　"你这声大少爷也可以省省了吧！"

　　"我真的会给你们弄疯掉，叫了十几年的称呼，怎么改？"阿超抓抓头。

　　"好了，他说什么？"

　　"他说，要出去找工作，我觉得，我找工作还比他容易一点！什么劳力的事，体力的事，我都能做。他最好还是写他的文章，念他的书，比较好！"

　　雨鹃愣了愣，深思起来：

"我们现在加起来,有七个人要吃饭呢!从今天起,要节省用钱了!不能再随便浪费了!你看,我就说不要那么快辞掉待月楼的工作,你们就逼着我马上去说!"

"如果我们两个大男人,养活不了你们,还要你们去唱曲为生的话,我和大少爷就去跳河算了!"

雨鹃低头,若有所思。心里一直萦绕着的念头,已经成了"决定":

"阿超,我有话跟你说!"

"你说!"

雨鹃正视着他,看到他一脸的正直,满眼的信赖,心里一酸:

"我想……我想……"她支支吾吾,说不出口。

"你想什么?快说呀!我可是个急脾气!"他着急地喊,有些担心了。

雨鹃心一横,坚定地说出来:

"我想,我还是嫁给郑老板!"

阿超大震,抬头看她,瞪大眼睛,叫:

"什么?"

她注视着他,婉转地、柔声地说:

"你听我说,自从我们被展夜枭欺负,雨凤又差点病得糊涂掉,我就觉得,我们这个家,真的需要有力的人来照顾!现在,慕白和展家决裂了,等于也和展家对立了!如果我再拒绝郑老板,我们就是把'城南''城北'一起得罪了!想我们小小的一个萧家,在桐城树下这么庞大的两个敌人,以后的日子要怎么过？我绝对不能让雨凤小三小四小五，再经历任何打击！现在，只要牺牲我自己，就可以换得全家的平安和保护……我，决定这么做了！"

"你说，你'决定'了？"

"是！我想来想去，别无选择！"

阿超呆了片刻，把手里的一摞书，用力地掷在地上，发出好大的响声。然后，他一甩头，往房外就走。

雨鹃跑过去，飞快地拦住他，柔肠寸断，委屈地说：

"不要发脾气，你想一想我说的有没有道理？这样的决定，我的心也很痛，也很无可奈何，我们真的不能再得罪郑老板……再说，我跟了他，你们要找工作，要生存，就容易多了！他是敌，还是友，对我们太重要了！我是顾全大局，不得已呀，你要体谅我！"

阿超大受打击，雨鹃这个决定，粉碎了他所有梦想，打碎了他男性的自尊。他哑声地、愤怒地喊：

"反正，你的意思就是说，我没有力量保护你们，我不是'有力'的人，我没权没势又没钱，你宁愿做他的小老婆，也不愿意跟我！既然如此，何必招惹我，何必开我的玩笑呢？我早就知道自己'配不上'嘛！本来，根本不会做这种梦！"

阿超说完，把她用力一推，她站不稳，跌坐于地。他看也不看，夺门而去了。

雨鹃怔住，满眼泪水，满心伤痛。

然后，她听到后院里，传来劈柴的声音，一声又一声，急急促促，乒乒乓乓。她关着房门，关不掉那个劈柴的声音。

她躲在房里，思前想后，心碎肠断。当那劈柴的声音持续了一个小时，她再也忍不住了，跑到后院里一看，满院子都是劈好的柴，阿超光着胳臂，还在用力地劈，劈得满头大汗。他头也不抬，好像要把全身的力气，都劈碎在那堆木柴里。她看着，内心绞痛，大叫：

"阿超！"

他继续劈柴，完全不理。她再喊：

"阿超！你劈这么多柴干什么？够用一年了！"

他还是不理，劈得更加用力了。她一急，委屈地喊：

"你预备这一辈子都不理我了，是不是？"

他不抬头，不说话，只是拼命地劈柴，斧头越举越高，落下越重越狠。

她再用力大喊：

"阿超！"

他只当听不见。

她没辙了，心里又急又痛，跑过去一屁股坐在木桩上。阿超的斧头正劈下来，一看，大惊，硬生生把斧头歪向一边，险险地劈在她身边的那堆木柴上。

阿超这一下吓坏了，苍白着脸，抬起头来：

"你不要命了吗？"

"你既然不理我，你就劈死我算了！"

他瞪着她，汗水滴落，呼吸急促：

"你要我怎么理你？当你'决定'一件事情的时候，你就这么'决定'了，好像我跟这个'决定'完全无关！你根本没有把我放在眼睛里！没有把我放在心里！你说了一大堆理由，就是说我太没用，太没分量！我本来就没有'城南'，又没有'城北'，连'城角落''城边边'都没有！你堵得我一句话都说不出来！还叫我怎么理你？"

雨鹃含泪而笑：

"你现在不是说了一大堆吗？"

阿超一气，又去拿斧头：

"你走开！"

她坐在那儿，纹风不动：

"我不走！你劈我好了！"

阿超把斧头用力一摔，气得大吼：

"你到底要干什么？"

她奔过去，把他拦腰一抱，把面颊紧贴在他汗湿的胸口，热情奔放地喊着：

"阿超！我要告诉你！我这一生，除了你，没有爱过任何男人！我好想好想跟你在一起，像雨凤跟慕白一样！我从来没有跟你开过玩笑，我的心事，天知地知！对我来说，和你在一起，代表的是和雨凤小三小四小五慕白都在一起，这种梦，这种画面，这种生活，有什么东西可以取代呢？"

"既然如此，你为什么还要做那个荒唐的'决定'？你宁可舍弃你的幸福，去向强权低头吗？"

"今天，我做这样的决定，实在有千千万万个不得已！你心平气和的时候，想想我说的话吧！我们现在，是生活在一个强权的社会里！不低头就要付出惨痛的代价！一个展夜枭，已经把我们全家弄得凄凄惨惨，你还要加一个郑老板吗？我们真的得罪不起。"她痛苦地说。

阿超咽了口气：

"我去跟大少爷说，我们全体逃走吧，离开桐城，我们到南方去！以前，我和大少爷在那边，即使受过苦，从来没有受过伤！"

"我这番心事，只告诉你，你千万不要告诉雨凤和慕白，否则，他们拼了命也不会让我嫁郑老板！我跟你说，去南方这条路我已经想过，那是行不通的！"

"怎么行不通？为什么行不通？"

"那会拖垮慕白的！我们这么多人，一大家子，在桐城生活都很难了，去了南方，万一活不下去，要怎么办？现在，不是四五年前那样，只有你们两个，可以到处流浪，四海为家！我们需要安定的生活，小四要上学，小五自从烧伤后，身体就不好，禁不起车啊船啊的折腾！再说，这儿，到底是我们生长的地方，要我们走，可能大家都舍不得！何况，清明节的时候，谁给爹娘扫墓呢？"

"那……我去跟郑老板说，让他放掉你！"

她吓了一大跳，急忙喊：

"不要不要！你不要再树敌了，你有什么立场去找郑老板呢？你会把事情弄得更加复杂……再说，这是我跟郑老板的事，你不要插手！"

他一咬牙，生气地嚷：

"这么说，你是嫁定了郑老板？"

她的泪,扑簌滚落:

"不管我嫁谁,我会爱你一辈子!"

她说完,放开他,奔进房去了。

阿超呆呆地站着,半晌不动。然后大吼一声,对着那堆木柴,又踢又踹,木柴给他踢得满院都是,乒乒乓乓。然后,他抓起斧头,继续劈柴。

吃晚饭的时候,雨鹃和阿超,一个从卧室出来,一个从后院过来,两人的神色都不对。雨鹃眼圈红红的,阿超满头满身的汗。云飞奇怪地看着阿超:

"怎么一个下午都听到你在劈柴,你干什么劈那么多柴?"

"是啊!我放学回来,看到整个后院,堆满了柴!你准备过冬了吗?"小四问。

"反正每天要用,多劈一点!"阿超闷闷地说。

雨鹃看他一眼,低着头扒饭。

阿超端起饭碗,心中一阵烦躁,把碗一放,站起身说:

"你们吃,我不饿!我还是劈柴去!"说完,转身就回到后院去了。

雨凤和云飞面面相觑,小三小四小五惊奇不已。劈柴的声音一下一下地传来。

"他哪里找来这么多的柴?劈不完吗?"云飞问。

"他劈完了,就跑出去买!已经买了三趟,大概把这附近所有的柴火都买来了!"小三说。

雨凤不解,看雨鹃:

"他发疯了吗?今天是'劈柴日',还是怎么的?"

雨鹃把饭碗往桌上一放,站起身来,眼圈一红,哽咽地说:

"他跟我怄气,不能劈我,只好劈柴!我也不吃了!"

"他为什么跟你怄气呢?"雨凤惊问。

雨鹃大声地喊:

"因为我告诉他,我已经决定嫁郑老板了!"喊完,就奔进卧室去了。

满屋子的人,全体呆住了。大家你看我,我看你。雨凤就跳起身子,追着雨鹃跑进去,她一把拉住她,急急地、激动地问:

"什么叫作你已经决定嫁给郑老板了?你为什么这样骗他?"

"我没有骗他,我真的决定了!"雨鹃瞪大眼,痛楚地说。

"为什么?你不是爱阿超吗?"

"爱一个人并不一定要嫁这个人!"

"你这说的是什么话?怎么回事?你为什么突然做这样的决定?阿超得罪你了吗?你们闹别扭了吗?"雨凤好着急。

"没有!我们没有闹别扭,我也不是负气,我已经想了好多天了,才做的决定!就是这样了,我放弃阿超,决定嫁郑老板!"

雨凤越听越急,气急败坏:

"你不要傻!婚姻是终身的事,那个郑老板已经有好多太太了,还有一个金银花!这么复杂,你根本应付不了的!阿超对你是真心真意的,你这样选择,会让我们大家都太失望、太难过了!不可以!雨鹃,真的不可以!我不同意!我想,小三小四小五都不会同意,你赶快打消这个念头吧!"

"婚姻是我自己的事,你们谁也管不着我!"

"你不是真心要嫁郑老板,你一定有什么原因!"雨凤绕室徘徊,想了想,"我知道了,你还是为了报仇!你看到阿超和慕白从展家回来,没有杀掉展夜枭,你就不平衡了!你认为,只有郑老板才能报这个仇!"

雨鹃垂着眼睑,僵硬地回答:

"或者吧!"

雨凤往她面前一站,盯着她的眼睛,仔细看了她片刻,体会出来了,哑声地说:

"我懂了!你想保护我们大家!你怕再得罪一个郑老板,我们大家就无路可走了,是不是?那天你去待月楼辞掉工作,金银花一定跟你说了什么。如果你想牺牲自己,来保护我们,你就大错特错了!你想,你做这样痛苦的选择,我们六个人,还能安心过日子吗?"

雨鹃被说中心事,头一撇,掉头就去看窗子,冷冷地说:

"不要乱猜,根本不是这样!我只是受够了,我不想再过这种苦日子,郑老板可以给我荣华富贵,我就是要荣华富贵!你们谁也别劝我,生命是我自己的,婚姻更是我自己的!我高兴嫁谁就嫁谁!"

雨凤瞪着她,难过极了,闷掉了。

这天晚上,家里没有人笑得出来,小三小四小五都在生气。雨鹃闭门不出，云飞和雨凤相对无言。而阿超，居然劈了一整夜的柴。

第二天，雨鹃和郑老板，在待月楼的后台见面了。

金银花放下茶，满面春风地对郑老板和雨鹃一笑，说：

"你们慢慢谈，我已经关照过了，没有人会来打搅你们的！"

郑老板对金银花微微一笑，金银花就转身出去了。

雨鹃坐在椅子里，十分局促，手脚都不知道该往哪儿放，一副心事重重的样子。郑老板眼光深沉而锐利地看着她。

"你都考虑好了？答案怎样？是愿意还是不愿意？"他开门见山地问。

雨鹃抬眼看他，真是愁肠百结：

"如果我跟了你，你会照顾我们全家，包括慕白在内？慕白为了雨凤，已经被展祖望赶出大门，断绝了父子关系，他现在是苏慕白，不是展云飞了！你会保护他们，是不是？你不会让展夜枭再欺负他们，是不是？"她问。

郑老板仔细看她，眼神深邃而锐利：

"哦？展祖望和云飞断绝了父子关系？"

雨鹃点头。

郑老板就郑重地承诺了：

"是！我会保护他们，照顾他们！绝对不让展家再伤害他们！至于展夜枭，我知道你的心事，我们慢慢处理，一定让你满意！"

"那么，你答应了我？"她盯着他。

"我答应了你！"他也盯着她。

雨鹃眼泪掉落下来，哽咽地说：

"那么，我也答应了你！"

郑老板用手托起她的下巴，深深地注视着她的眼睛。那炯炯的眸子，似乎要穿透她，看进她灵魂深处去。

"你是第一个答应嫁我，却在掉眼泪的女人！"他沉吟地说。

她把头一歪，挣脱了他的手，要擦眼泪，眼泪却掉得更多了。

他静静地看着她，很从容地问：

"你为什么答应嫁我？你喜欢我吗？"

她擦擦泪，整理着自己零乱的思绪，说：

"我很喜欢你，自从认识你，就很崇拜你，尊敬你，觉得你很了不起，是个英雄，是个'人物'！真的！"

郑老板深为动容，更加深思起来：

"你说得很好听！"他忽然神色一正："好吧！告诉我，你心里是不是已经有别人了？那个人是谁？"

雨鹃一惊：

"我没有说……我心里有别人……"

他沉着地看着她，冷静地问：

"和雨凤一样，你们都喜欢了同一个人，是不是？"

"不是不是，绝对不是！"她急忙喊。

"那么，是谁？"他盯着她，"不要告诉我根本没有这个人，我不喜欢被欺骗！我对于我要娶的女人，一定要弄得清清楚楚！说吧！"

她摇摇头，不敢说。他命令地：

"说吧！不用怕我！我眼里的雨鹃是天不怕地不怕的！"

"现在的我不是这样，现在的我怕很多东西！"

"也怕我？"

"是。"

他看了她好一会儿，温和地说：

"不用怕我，说吧！"

她不得不说了，嗫嚅片刻，才说出口：

"是……是……是阿超！"

他一个震动，满脸的恍然大悟。好半天，他都没有说话。然后，他站起身，在室内来回踱步，不住地看她，深思着。

她有点着急，有点害怕，后悔自己说出口，轻声地说：

"你不能对他不利，他已经是我们家的一分子，你答应要保护我的家人，就包括他在内！"

他停在她面前，双眼灼灼有神，凝视着她：

"你刚刚说你崇拜我、尊敬我，说我是个'英雄''人物'什么的！说得我心里好舒服。你想，我被你这样'尊敬'着，我还能夺人所爱吗？"

她震动极了，抬起头来，睁大眼睛看着他，简直不相信自己听到的。

他微笑起来：

"我真的好喜欢你，好想把你娶回家当老婆，但是，我不能娶一个心里有别人的女人，我有三个老婆，她们心里都只有我！我喜欢这种'唯一'的感觉！既然如此，我的提议就作罢了！"

她的眼睛睁得更大了，不知道他有没有生气，怀疑地看着他：

"你……你……生气了？"

他哈哈大笑了：

"你放心！那么容易生气，还算什么男人！至于我承诺你的那些保护，那些照顾，也一定实行！你和雨凤，在待月楼唱了这么久的曲，我早就把你们当成自己人，谁要招惹你们，就是招惹我！你们的事，我是管定了！"

雨鹃喜出望外，喊：

"真的？你不会气我？不会对我们不利……"

他眉头一皱，沉声说：

"你以为，每个人都是展云翔吗？"

她大喜，眼泪又涌出眼眶。他摇摇头：

"这么爱哭，真不像我认识的雨鹃！让我坦白告诉你吧，今天早上，你那个阿超来找我，对我说，要娶你，应该弄清楚你真正爱的是谁！否则，搞不好你睡梦里，会叫别人的名字！撂下这句话，人就走了！我当时还真有点糊涂，现在，全明白了！你回去告诉他，我敬他是条汉子，敢来对我说这句话，所以把你让给他了！将来他如果让你受委屈，我一定不饶他！"

雨鹃惊愕极了，看着他，小小声地问：

"他来找过你?"

"是啊!当时,我还以为他是为展云飞来出头呢!"

她惊喜地凝视他。半晌,才激动地跳起身,对他一躬到地,大喊:

"我就知道你好伟大!是个英雄,是个人物!谢谢你成全!"

他看着欣喜如狂的她,虽然若有所失,却潇洒地笑了:

"好说好说!大帽子扣得我动都动不了!想想我比你大了二十几岁,当不成夫妻,就收你们两个做干女儿吧!"

雨鹃心服口服,立刻往他面前一跪,大声喊:

"干爹!我会永远感激你,孝顺你!"

"这声干爹,倒叫得挺干脆!"他笑着说。忽然,脸色一正,神态变得严肃了:"现在,好好地坐下来,把你们为什么匆匆忙忙搬家,受了什么委屈,现在是什么情况,雨凤和云飞,你和阿超,以后预备怎么办,所有的事情,都跟我仔细说说!把我当成真正的自己人吧!"

她又是感激,又是感动,心悦诚服地回答:

"是!"

和郑老板见完面,雨鹃骑着脚踏车,飞快地回到家里。停好车子,她从花园里直奔进客厅,大声地喊:

"阿超!阿超……阿超……你给我出来!我有话问你!"

全家人都惊动了,大家都跑了出来,阿超跟在最后面,一副爱理不理的样子。雨鹃就一直冲到他面前站住,故意鼓

着腮帮子,气呼呼地嚷:

"你早上出去干了什么好事?你说!"

阿超恨恨地回答:

"我干什么事要跟你报备吗?你管不着!"

雨鹃瞪大眼,对他大喊:

"什么叫我管不着?如果你这样说,以后,我就什么事都不管你,你别后悔!"

"奇怪了,以后,我还要劳驾你郑家三姨太来管我,我是犯贱还是有病?你放心,我还不至于那么没出息!"阿超越想越气,大声说。

雨鹃的眼睛瞪得更大,骂着说:

"什么郑家三姨太?郑家三姨太已经被你破坏得干干净净了!你跑去跟人家说,要人家弄清楚我心里有谁,免得娶回去夜里做梦,叫别人的名字!你好大胆子!好有把握!你怎么知道我夜里会叫别人的名字?你说你说!"

云飞大惊,看阿超,问:

"你去找了郑老板?"

阿超气呼呼地瞪大眼,咬牙说:

"我找了!怎么样?我说了!怎么样?毙了我吗?"

雨鹃目不转睛地盯着他:

"你找了,你说了!你就要负责任!"

阿超气极了,一挺背脊:

"负什么责任?怎么负责任?反正话是我说的,你要怎么样?"

雨鹃不忍再逗他了，挑着眉毛，带着笑大喊：

"现在人家不要我了，三姨太也当不成了，你再不负我的责任，谁负？我现在只好赖定你了！"

阿超听得糊里糊涂，一时间，还弄不清楚状况，愕然地说：

"啊？"

雨凤听出名堂来了，奔过去抓住雨鹃的手，摇着，叫着：

"你不嫁郑老板了，是不是？你跟郑老板谈过了，他怎么说？难道他放过了你？赶快告诉我们是怎么回事，别卖关子了！"

雨鹃又是笑又含泪，指着阿超，对雨凤和云飞说：

"这个疯子把我的底牌都掀了，人家郑老板是何等人物，还会要一个另有所爱的女人吗？所以，郑老板要我告诉阿超，他不要我了，他把我让给他了！"

雨凤还来不及说话，小三跑过去抱住雨鹃，大声地欢呼：

"万岁！"

小五跟着跑过去，也抱着雨鹃大叫：

"万万岁！"

云飞笑了，一巴掌拍在阿超肩上。

"阿超，发什么愣？你没话可说吗？"

阿超瞪着雨鹃，看了好一会儿，忽然，一掉头就对后院冲去。

"他去哪里？"雨凤惊愕地问。

后院，传来一声声劈柴的声音。

云飞又好气,又好笑,说:

"这个疯子,失意的时候要劈柴,得意的时候也要劈柴,以后,我们家里的柴,大概用几辈子都用不完!"

"他这种表达感情的方式,你怎么受得了?"雨凤笑着看雨鹃。

雨鹃笑了,追着阿超,奔进后院去。后院,已经有了堆积如山的木柴。

阿超还在那儿劈柴,一面劈,一面情不自禁地傻笑。她站住,瞅着他。

"人家生气,都关着房门生闷气。你生气,劈了一夜的柴,闹得要死!人家高兴,总会说几句好听的,你又在这儿劈柴,还是闹得要死!你怎么跟别人都不一样?"她问。

他把斧头一丢,转身把她一把抱住:

"都跟别人一样,你干吗单单喜欢我?"

她急忙挣扎:

"你做什么?等会儿给小三小四小五看见!多不好意思,赶快放手!"

"管他好不好意思,顾不得了!"他抱紧她,不肯松手。

小三小四和小五早就站在房间通后院的门口看,这时,大家笑嘻嘻地齐声念:

"阿超哥,骑白马,一骑骑到丈人家,大姨子扯,二姨子拉,拉拉扯扯忙坐下,风吹帘,看见了她,白白的牙儿黑头发,歪歪地戴朵玫瑰花,罢罢罢,回家卖田卖地,娶了她吧!"

阿超放开雨鹃,对三个孩子大吼一声:

"你们没事做吗?"

小三小四小五笑成一团。

雨鹃笑了,阿超笑了,站在窗口看的雨凤和云飞也笑了。

这天晚上,几个小的睡着了,雨凤、云飞、雨鹃、阿超还在灯下谈心。

雨鹃看着大家,带着一脸的感动,正经地说:

"今天,我和郑老板谈了很多,我把什么事都告诉他了。我现在才知道真正做大事业的人,是怎样的。不是比权势,而是比胸襟!'城北'和'城南'真的不可同日而语!"说着,看了云飞一眼:"抱歉!不得不说!"

云飞苦笑:

"不用跟我抱歉,'城南'和我一点关系都没有,我姓苏!"

雨鹃看着雨凤,又继续说:

"郑老板说,我们姊妹两个,在待月楼唱了这么久的歌,等于是自己人了。他知道你要和慕白结婚,马上把金银花找来,翻着黄历帮你们挑日子!最接近的好日子是下个月初六!郑老板问你们两个的意思怎样?因为我们现在没娘家,郑老板说,待月楼就是娘家,要把你从待月楼嫁出去,他说,所有费用是他的,要给你一个风风光光的婚礼!白天迎娶,晚上,他要你们'脱俗'一下,新郎新娘全体出席,在待月楼大宴宾客!"

雨凤怔着,云飞一阵愕然。

"这样好吗?"云飞看雨凤,"我们会不会欠下一个大人情?将来用什么还?"

"郑老板说了,雨凤既然嫁到苏家,和展家无关!"雨鹃接口,看云飞,"他希望你不要见外!他说,我们受了很多委屈,结婚,不能再委屈了!"

雨凤看雨鹃:

"那么你呢?要不然,我们就同一天结婚好了!难道还要办两次?"

阿超急忙说:

"不不不!我跟雨鹃马马虎虎就好了!选一个日子,拜一下堂就结了,千万不要同一天!雨鹃是妹妹,你是姊姊,不一样!"

雨鹃瞪了阿超一眼:

"我看,我们干脆连拜堂都免了吧!多麻烦!"

"是啊,这样最好……"阿超看到雨鹃脸色不对,慌忙改口,"那……你要怎样?也要吹吹打打吗?"

"那当然!"雨鹃大声说,"一辈子就这么一次,可以坐花轿,吹吹打打,热热闹闹,我连和雨凤同一天都觉得不过瘾,我就要办两次!"

"我累了!"阿超抓抓头。

雨鹃一笑,看向雨凤:

"我本来也说办一次,郑老板和金银花都说不好,又不是外国,办集团结婚!我也觉得,你们两个,应该有一个单独而盛大的婚礼,主要是让桐城'南南北北',都知道你们结婚了！郑老板还说，不能因为慕白离开了展家，就让婚礼逊色了！一定要办得风风光光，有声有色。所以，我就晚一点吧！何况，这个阿超，我看他对我挺没耐心的，我要不要嫁，还是一个问题！"

"我真的累了！"阿超叽咕着。

雨凤心动了，看云飞：

"你怎么说呢？觉得不好吗？我以你的意见为意见！"

云飞深深地看雨凤，看了半晌，郑重地一点头：

"人家为我们想得如此周到，我的处境，你的名誉，都考虑进去了！我还有什么话可说？就这么办吧！"

雨鹃高兴地笑开了：

"好了，要办喜事了！我们明天起，就要把这个房子，整理整理，布置布置，要做新房，总要弄得像样一点！阿超，我们恐怕有一大堆事要忙呢！"

阿超对雨鹃笑，此时此刻，对雨鹃是真的心悦诚服，又敬又爱，大声地说：

"你交代，我做事，就对了！"

云飞和雨凤相对凝视，都有"终于有这一天"的感觉，幸福已经握在手里了。两人唇边，都漾起一个"有些辛酸，无限甜蜜"的微笑。雨凤把手伸给云飞，云飞就紧紧地握住了。

23

这天,梦娴带着齐妈,还有一大车的衣服器皿,食物药材,来到云飞那塘口的新家。最让云飞和萧家姊妹意外的,是还有一个人同来,那人竟是天虹!

云飞和雨凤双双奔到门口来迎接,云飞看着母亲,激动不已,看到天虹,惊奇不已,一迭连声地说:

"真是太意外了!天虹,你怎么也来了?"

"我知道大娘要来看你们,就苦苦哀求她带我来,她没办法,只好带我来了!"天虹说,眼光不由自主地看向雨凤。

"伯母!"雨凤忙对梦娴行礼。

云飞介绍着:

"雨凤,这就是天虹!"又对天虹说:"这是雨凤!"

天虹和雨凤,彼此深深地看了一眼。这一眼,只有她们两个,才知道里面有多少的含意,超过了语言,超过了任何交会。

大家进到客厅,客厅里已经布置得喜气洋洋。所有的墙角,都挂着红色的彩球,所有的窗棂,都挂满彩带。到处悬着红色的剪纸,贴着"囍"字,梦娴和天虹看着,不能不深刻地感染了那份喜气。

雨鹃带着两个妹妹忙着奉茶。

大家一坐定,云飞就忍不住,急急地说:

"娘!你来得正好!我和雨凤,下个月初六结婚。新房就在这里,待月楼算是雨凤的娘家,我去待月楼迎娶。我希望,你能够来一趟,让我们拜见高堂。"

梦娴震动极了:

"初六结婚?太好了!"她看着两人问:"我可以来吗?"

"娘!你说的什么话?"

"我看到你们门口,挂着'苏寓'的牌子,不知道你们要不要我来?"

云飞激动地说:

"不管我姓什么,你都是我的娘!你如果不来,我和雨凤都会很难过很失望,我们全心全意祈求你来!我就怕你有顾虑,不愿意来!或者,有人不让你来!"

"不管别人让不让我来,儿子总是儿子!媳妇总是媳妇!"

雨凤听到梦娴这样一说,眼眶里立刻盛满了泪,对梦娴歉然地说:

"我好抱歉,把状况弄得这么复杂!我知道,一个有教养的媳妇,绝对不应该造成丈夫跟家庭的对立,可是,我就造成了!不知道是天意,还是命运,我注定是个不孝的媳妇!

请您原谅我!"

梦娴把她的手紧紧一握,热情奔放地喊:

"雨凤!别这样说,你已经够苦了!想到你的种种委屈,我心疼都来不及,你还这样说!"

雨凤一听,眼泪就落了下来。雨凤一落泪,梦娴就跟着落泪了。她们两个这样一落泪,云飞、齐妈、天虹、雨鹃都感动得一塌糊涂。

这时,阿超走进来,说:

"东西搬完了!嘀,那么多,够我们吃一年,用一年!"

云飞就对梦娴正色地说:

"娘,以后不要再给我送东西来,已经被赶出家门,不能再用家里的东西,免得别人说闲话!"

梦娴几乎是哀恳地看着他:

"你有你的骄傲,我有我的情不自禁呀!"

云飞无话了。

天虹看到阿超进来,就站起身子,对云飞和阿超深深一鞠躬:

"云飞,阿超,我特地来道谢!谢谢你们那天的仁慈!"她看雨凤,看雨鹃,忽然对大家跪下,诚挚已极地说:"今天,我是一个不速之客,带着一百万个歉意和谢意来这里!我知道自己可能不受欢迎,可是,不来一趟,我睡都睡不安稳……"

雨凤大惊失色,急忙喊:

"起来,请起来!你是有喜的人,不要跪!"

云飞也急喊：

"天虹，这是干吗？你不需要为别人的过失，动不动就下跪道歉！"

雨鹃忍不住插嘴了：

"我听阿超说过你怎样冒险救他，你的名字，在我们这儿，老早就是个熟悉的名字了！今天，展夜枭的太太来我家，我会倒茶给你喝，把你当成朋友，是因为……所有'受害人'里，可能，你是最大的一个！"

天虹一个震动，深深地看了雨鹃一眼，低低地说：

"你们已经这么了解了，我相信，我要说的话，你们也都体会了！我不敢要求你们放下所有的仇恨，只希望，给他一个改过迁善的机会！以后，大家碰面的机会还很多……"她转头看云飞，看阿超："还要请你们慈悲为怀！"

云飞叹了口气：

"天虹，你放心吧！只要他不再犯我们，我们也不会犯他了！你起来吧，好不好？"

齐妈走过去，扶起她。云飞看着她：

"我一直有一个疑问，非问你不可，他怎么会伤得那么严重？"

"哪有什么伤，那是骗爹的！"天虹坦白地回答。

"我就说有诈吧！那天，应该把他的绷带撕开的！"阿超击掌。

"总之，过去了，也就算了！天虹，你自己好好照顾自己吧！"云飞说。

天虹点点头，转眼看雨凤，忽然问：

"我可不可以单独跟你谈几句话？"

雨凤好惊讶：

"当然可以！"

雨凤就带着天虹走进卧室。

房门一关，两个女人就深深互视，彼此打量。然后，天虹就好诚恳好诚恳地说：

"我老早就想见你一面，一直没有机会。我出门不容易，今天见这一面，再见不知道是什么时候了！有一句心里的话，要跟你说！"

"请说！"

天虹的眼光诚挚温柔，声音真切，字字句句，充满感情：

"雨凤，你嫁了一个世界上最好的男人，他值得你终身付出，值得你依赖，你好好珍惜啊！"

"我会的！"雨凤十分震动，她盯着天虹，见她温婉美丽，高雅脱俗，不禁看呆了，"我听阿超说……"她停住，觉得有些碍口，改变了原先要说的话，"你们几个，是从小一块儿长大的……"

"阿超说，我喜欢云飞？"天虹坦率地接了口。

雨凤一怔，不知道该如何回答。

"不错！我好喜欢他！"天虹说，"我对他的感情，在展家不是秘密，几乎尽人皆知！今天坦白告诉你，只因为我好羡慕你！诚心诚意地恭喜你！他的一生，为感情受够了苦，我好高兴，这些苦难终于结束了！好高兴他在人海中寻寻觅觅,终于找到了你!我想,我大概没有办法参加你们的婚礼,所以,请你接受我最诚恳的祝福!"

雨凤又惊讶,又感动,不能不用另一种眼光看她:

"谢谢你!"

"如果是正常状态,我们算是妯娌。但是,现在,我是你们仇人的老婆!这种关系一天不结束,我们就不能往来。所以,虽然是第一次见面,我也不怕你笑我,我就把内心深处的话,全体说出来了!雨凤,好好爱他,好好照顾他,他在感情上,其实是很脆弱的!"

雨凤震撼极了,深深地凝视着她:

"你今天来对我说这些,我知道你鼓了多大的勇气,知道你来这一趟,有多么艰难!我更加知道,你爱他,有多么深刻!我不会辜负你的托付,不会让你白跑这一趟!慕白每次提到你,都会叹气,充满了担忧和无可奈何!你也要为了我们大家,照顾自己!你放心,不管我们多恨那个人,恨到什么程度,我们已经学会不再迁怒别人,你瞧,我连慕白都肯嫁了,不是吗?"

天虹点头,仔细看雨凤。雨凤忍不住,也仔细看天虹。两个女人之间,有种奇异的感情在流转。

"雨凤,我再说一句话,不知道你会不会把我当成疯子?"

"你尽管说!"

天虹眼中闪耀着光彩和期待,带着一种梦似的温柔,说:

"若干年以后,会不会有这样一天?云翔已经改头换面,重新做人!云飞和他,兄弟团圆。你,带着你的孩子,我,带着我的孩子,孩子们在花园里一起玩着,我们在一起喝茶聊天,我们可以回忆很多事!可以笑谈今日的一切!"

雨凤看了她好一会儿:

"你这个想法,确实有一点天真!因为那个人,在我们姊妹身上,犯下最不可原谅的错!几乎断绝了所有和解的可能!你说'改头换面',那是你的梦。不过……慕白在《生命之歌》里写了一句话:'人生因为有爱,才变得美丽。人生因为有梦,才变得有希望。'我们,或者可以有这样的梦吧!"

天虹热切地看她,低喊着:

"我没有白来这一趟,我没有白认识你!让我们两个,为我们的下一代,努力让这个梦变为真实吧!"

雨凤不说话,带着巨大的震撼和巨大的感动,凝视着她。

当梦娴、齐妈、天虹离去以后,云飞实在按捺不住,好奇地问雨凤:

"你和天虹,关着房门,说些什么?"

"那是两个女人之间的谈话,不能告诉你!"

"哦?天虹骂我了吗?"

"你明知道天虹不会骂你,她那么崇拜你,你是她心目中最完美的偶像,她赞美你都来不及,怎么会骂你呢?"

"她赞美我吗?她说什么?"云飞更好奇。

雨凤看了他好一会儿,没说话。他感觉有点奇怪:

"怎么了?为什么用这样的眼光看我?"

"你跟我说了映华的故事,为什么没有说天虹?"

"天虹是云翔的太太,没有什么好说的!"

"我觉得有点担心了。"她低低地说。

"担心什么？"

"从跟你交往以来，我都很自信，觉得自己挺了不起似的！后来听到映华的故事，知道在你生命里，曾有一个那样刻骨铭心的女人，让我深深地受到震撼。现在看到天虹，这么温婉动人，对你赞不绝口……我又震撼了！"她注视他，"你怎会让她从你生命里滑过去，让她嫁给别人，而没有把握住她？"

他认真地想了想，说：

"天虹对我的好，我不是没有感觉，起先，她对我而言，太小！后来，映华占去我整颗心，然后，我离家出走，一去四年，她和我来不及发生任何故事，就这样擦肩而过……我想，上天一定对我的际遇，另有安排。大概都是因为你吧！"

"我？"她惊愕地说，"我才认识你多久，怎么会影响到你以前的感情生活？"

"虽然我还没有遇到你，你却早已存在了！老天对我说，我必须等你长大，不能随便留情。我就这样等到今天，把好多机会，都一个个地错过了！"

"好多机会？你生命里还有其他的女人吗？你在南方的时候，有别的女人爱死你吗？"雨凤越听越惊。

他把她轻轻拥住。

"事实上，确实有。"

"哦？"

他对她微微一笑：

"好喜欢看你吃醋的样子！"他收起笑："不开玩笑了！你问我天虹的事，我应该坦白答复你。天虹，是我辜负了她！如果我早知道我的辜负，会造成她嫁给云翔，造成她这么不幸的生活，当初，我大概会做其他的选择吧！总之，人没有办法战胜命运。她像是一个命定的悲剧，每次想到她的未来，我都会不寒而栗！幸好，她现在有孩子了，为了这个孩子，她变得又勇敢又坚强，她的难关大概已经渡过了！母爱，实在是一件好神奇、好伟大的东西！"

雨凤好感动，依偎着他：

"虽然我恨死了展夜枭，可是，我却好喜欢天虹！我希望展夜枭不幸，却希望天虹幸福，实在太矛盾了！"

云飞点头不语，深有同感。

雨凤想着天虹的"梦"，心里深深叹息。可怜的天虹，那个"梦"，实在太难太难实现了。怪不得有"痴人说梦"这种成语，天虹，她真的是个"痴人"。

天虹并不知道，她去了一趟"塘口"，家里已经是"山雨欲来风满楼"了。

原来，云翔这一阵子，心情实在烂透了。在家里装病装得快要真病了，憋得快要死掉了。这天，好不容易，总算"病好了"，就穿了一件簇新的长袍，把头发梳得整整齐齐，兴冲冲准备出门去，谁知到了大门口，就被老罗拦住了：

"老爷交代，二少爷伤势还没全好，不能出门！"

云翔烦躁地挥挥手：

"我没事啦！都好了，你看！"他又动手又动脚："哪儿有伤？好得很！你别拦着我的路，我快闷死了，出去走走！"

老罗没让，阿文过来了：

"二少爷，你还是回房休息吧！纪总管交代，要咱们保护着你！"

云翔抬眼一看，随从家丁们在面前站了一大排。他知道被软禁了，又气又无奈，跺着脚大骂：

"什么名堂嘛，简直小题大做，气死我了！"

他恨恨地折回房间，毛焦火辣地大呼小叫：

"天虹！天虹！天虹……死到哪里去了？"

丫头锦绣奔来：

"二少奶奶和太太一起去庙里上香了！她说很快就会回来！"

他一听，更是气不打一处来：

"和太太一起去的吗？"

"还有齐妈。"锦绣说。

"好了，知道了，出去吧！"

锦绣一出门，云翔就一脚对桌子踹去，差点把桌子踹翻：

"什么意思嘛！谁是她婆婆，永远弄不清楚！"他一屁股坐在桌前，生闷气："居然软禁我！纪总管，你给我记着！总有一天，连你一起算账……"

门外，有轻轻的敲门声。丫头小莲捧着一个布包袱，走了进来，一副讨好的、神秘的样子，对他说：

"我找到一件东西，不知道该不该拿给二少爷看，也不知道该不该跟二少爷说！"

"什么事情鬼鬼祟祟？要说就说！"他没好气地嚷。

"今天，纪总管要我去大少爷房里，找找看有没有什么留下的单据账本……所以，太太她们出去以后，我就去了大少爷房里，结果，别的东西没找着，倒找到了这个……"她举举手里的包袱，"我想，这个不能拿去给纪总管看，就拿到您这儿来了……"

"什么东西？"云翔疑云顿起。

小莲打开包袱：

"是二少奶奶的披风，丢了好一阵子了！"

云翔一个箭步上前，抓起那件披风。是的，这是天虹的披风！他瞪大了眼睛看那件披风：

"天虹的披风！天虹的披风！居然在云飞房里！"他仰天大叫："啊……"

小莲吓得踉跄后退。

天虹完全不知道，家里有一场暴风雨正等着她。她从塘口那个温馨的小天地，回到家里时，心里还涨满了感动和酸楚。一进大门，老罗就急匆匆地报告：

"二少奶奶，二少爷正到处找你呢！不知道干什么，急得不得了！"

天虹一听，丢下梦娴和齐妈，就急急忙忙进房来。

云翔阴沉沉地坐在桌子旁边，眼睛直直地瞪着房门口，看到她进来，那眼光就像两把锐利冰冷的利剑，对她直刺过来。她被这样的眼光逼得一退，慌张地说：

"对不起，上完香，陪大娘散散步，回来晚了！"

"你们去哪一个庙里上香？"他阴恻恻地问。

她没料到有此一问，就有些紧张起来：

"就是……就是常去的那个'碧云寺'。"

"碧云寺？怎么锦绣说是观音庙？"他提高了声音。

她一怔，张口结舌地说：

"观音庙？是……本来要去观音庙，后来……大娘说想去碧云寺，就……去了碧云寺。"

他瞪着她，突然之间，砰的一声，在桌上重重一击：

"你为什么吞吞吐吐？你到底去了哪里？你老老实实告诉我！"

她吓了一大跳，又是心虚，又是害怕，勉强地解释：

"我跟大娘出去，能去哪里？你为什么要这样？"

他跳起身子，冲到她面前，大吼：

"大娘！大娘！你口口声声的大娘！你的婆婆不是'大娘'，是'小娘'！你一天到晚，不去我娘面前孝顺孝顺，跟着别人的娘转来转去！你是哪一根筋不对？还是故意要气我？"他伸手一把抓住她的手腕，压低声音，阴沉地问："你去了哪里？"

"就是碧云寺嘛，你不信去问大娘！"

"还是'大娘'！你那个'大娘'当然帮着你！你们一条阵线，联合起来给我戴绿帽子，是不是？大娘掩饰你，让你去跟云飞私会，是不是？"

天虹大惊失色：

"你怎么可以说得这么难听？想得这么下流？你把我看成什么了？把'大娘'看成什么了？经过了这么多事情，你还说这种话，存着这种念头，将来，你让咱们的孩子怎么做人？"

"哦？你又抬出孩子来了！"他怪叫着，"自从怀了这个孩子，你就不可一世了！动不动就把孩子搬出来！孩子！孩子！"他对着她的脸大吼："是谁的孩子，还搞不清楚！上次我抓到你跟云飞在一起，就知道有问题，给你们一阵狡赖给唬弄过去，现在，我绝对不会饶过你！你先说，今天去了哪里？"

"你又来了！你放开我！"她开始挣扎。

"放开你，让你好跑回娘家去求救吗？"他摇头，冷笑，"嘿嘿！我不会再犯同样的错误了！"

她着急，哀求地看着他：

"我没有对不起你！我没有做任何不守妇道的事，你一定要相信我！"

"你满嘴谎言，我为什么要相信你？老实告诉你，碧云寺，观音庙，天竺寺，兰若寺……我都叫锦绣和小莲去找过了！你们什么庙都没去过！"就对着她的脸大声一吼，"你是不是去见云飞了？你再不说，我就动手了！"

她害怕极了，逼不得已，招了：

"我是去看了云飞，但是，不是你想的那样……"

云翔一听此话，顿时怒发如狂，用力把她一摔，撕裂般地吼着：

"果然如此！果然如此！我已经变成全天下的笑话了！整个展家，大概只有我一个人还蒙在鼓里！你们居然如此明目张胆，简直不要脸！"

"我是去谢谢云飞和阿超，那天对你的宽容！我怕以后，你们免不了还会见面，希望他们答应我，不跟你为敌……"她急忙解释。

云翔听了，仰天狂笑：

"哈哈哈哈！说得真好听，原来都是为了我，去谢他们不杀之恩！去求他们手下留情！你以为我的生死大权，真的握在他们手里！好好好！就算我是白痴，脑袋瓜子有问题，会相信你这一套！那么，这是什么？"他打开抽屉，拿出那件披风，送到她的鼻子前面去："你的披风，怎么会在云飞房里？"

她看着披风，有点迷惑。想了想，才想起来，这是救阿超那天，给阿超披的。但是，这话不能说！说了，他会把她杀死！她惊惶地抬头看他，只见他眼中，杀气腾腾，顿时明白了，无论自己怎么解释，也解释不清了。于是，她跳起身子，就往门外逃。她这一逃，更加坐实了他的推断。他飞快地上前，喀啦一声，把房门锁上了。两眼锐利如刀，寒冷如冰，身子向她逼近：

"我看你再往哪里逃？你这样不知羞耻，把我玩得团团转！和大娘她们结为一党，做些见不得人的事！你卑鄙、下流！你太可恶了！"

天虹看他逼过来，就一直退，退到屋角，退无可退。她看到他眼里的凶光，害怕极了，扑通一声，跪下了。仰着脸，含着泪，发着抖说：

"云翔，我知道无论我怎么解释，你都不会相信我！虽然我清清白白，天地可表！但是，你的内心，已经给我定了罪，我百口莫辩！现在，我不敢求你看在我的面子上，请看在我爹、我哥的面子上，放我一条生路！"她用双手护着肚子："请你不要伤害孩子，我要他！我爱他……"

"真奇怪，你明明恨我，却这么爱这个孩子，为了他，你可以一再求我，下跪、磕头，无所不用其极！你这么爱这个孩子？啊？"他喊着，感到绿云罩顶，已经再无疑问了，心里的怒火，就熊熊地燃烧起来。

天虹泪流满面了：

"是！我的生命，一点价值都没有，死不足惜！但是，孩子，是你的骨肉啊！"

他突然爆发出一声撕裂般的狂叫：

"啊……我的骨肉！你还敢说这是我的骨肉！啊……"

他一面狂叫着，一面对她飞扑而下。她魂飞魄散，惨叫着：

"救命啊……"

她一把推开他，想逃，却哪里逃得掉？他涨红了脸，眼睛血红，额上青筋暴露，扑过来抓住她，就一阵疯狂地摇晃，继而拳打脚踢。她把自己缩成了一团，努力试着保护肚子里的胎儿，嘴里惨烈地哀号：

"爹……救命啊……救命啊……"

门外，祖望、纪总管、品慧、天尧、梦娴、齐妈……听到声音，分别从各个角落，飞奔而来。品慧尖声喊着：

"云翔！你别发疯啊！天虹肚子里，有我们展家的命根啊！你千万不要伤到她呀……"

天虹听到有人来了，就哭号着，大喊：

"爹……救命啊！救命啊……"

门外，纪总管脸色惨白，扑在门上狂喊：

"云翔！你开门！请你千万不要伤害天虹……我求求你了……"

天尧用肩膀撞门，喊着：

"天虹！保护你自己，我们来了！"

天尧撞不开门，急死了。祖望回头对家丁们吼：

"快把房门撞开！一起来！快！"

家丁们便冲上前去，合力撞门，房门砰然而开。

大家冲进门去，只见一屋子零乱，茶几倒了，花瓶茶杯，碎了一地。天虹蜷缩在一堆碎片之中，像个虾子一般，拼命用手抱着肚子。云翔伸着脚，还在往她身上踢。天尧一看，目眦尽裂，大吼：

"啊……你这个混蛋！"

天尧扑过去，一拳打倒了云翔。云翔倒在地上喘气，天尧骑在他身上，用手勒住他的脖子，愤恨已极，大叫：

"我掐死你！我掐死你……"

品慧扑过去摇着天尧，尖叫：

"天尧！放手呀！你要勒死他了……"

纪总管冲到天虹身边，弯腰抱起她，只见她的脸色，雪白如纸，而裙摆上，是一片殷红。纪总管心胆俱裂，魂飞魄

散。天虹还睁着一对惊恐至极的眼睛,看着他,衰弱地、小小声地、伤心地说:

"爹……孩子恐怕伤到了……"

纪总管心如刀绞,老泪一掉:

"我带你回家,马上请大夫!说不定……保得住……"他回头看天尧,急喊:"天尧!还不去请大夫……"

天尧放掉云翔,一跃而起:

"我去请大夫!我去请大夫……"他飞奔而去。

祖望跌跌冲冲地走上前去看天虹:

"天虹怎样……"

纪总管身子急急一退,怨恨地看了祖望一眼:

"我的女儿,我带走了!不用你们费心!"

梦娴忍不住上前,对纪总管急切地说:

"抱到我屋里去吧!我屋比较近!"

纪总管再一退:

"不用!我带走!"

齐妈往前迈了一步,拦住纪总管,着急地说:

"纪总管,冷静一点,你家里没有女眷,现在,天虹小姐一定动了胎气,需要女人来照顾啊!你相信太太和老齐妈吧!"

纪总管一怔,心中酸楚,点了点头,就抱着天虹,一步一步地往梦娴房走,眼泪不停地掉。

那天,天虹失去了她的孩子。

当大夫向大家宣布这个消息的时候,纪总管快要疯了,他抓着大夫喊：

"你没有保住那个孩子，他是天虹的命啊！"

"孩子可以再生，现在，还是调养大人要紧！"大夫安慰着。

祖望和品慧，都难过得无力说话了。

天虹昏昏沉沉地躺在床上，由于失血过多，一直昏睡。到了晚上，她才逐渐清醒了。睁开眼睛，她看到梦娴慈祥而带泪的眸子，接触到齐妈难过而怜惜的注视，她的心猛地狂跳，伸手就按在肚子上，颤声地问：

"大娘，孩子……孩子……保住了，是不是？是不是？"

梦娴的眼泪，夺眶而出了。齐妈立刻握住她的手：

"天虹小姐，孩子，明年还可以再生！现在，身体要紧！"

天虹大震，不敢相信孩子没有了，伸手一把紧紧地攥住梦娴的手，尖声地问：

"孩子还在，是不是？保住了，是不是？大娘！告诉我！告诉我……"

梦娴无法骗她，握紧她的手，含泪地说：

"孩子没保住，已经没有了！"

她发出一声凄厉的惨叫：

"啊……不要！不要！不要……"

她痛哭失声，在枕上绝望地摇头。齐妈和梦娴，慌忙一边一个，紧紧地扶着她。

"天虹小姐！身子要紧啊！"齐妈劝着。

天虹心已粉碎，万念俱灰，哭着喊：

"他杀掉了我的孩子！他杀掉了我的孩子……"

梦娴一把抱住她的头，心痛地喊：

"天虹！勇敢一点！这个孩子虽然没保住，但是，还会有下一个的！上天给女人好多的机会……你一定会再有的！"

"不会再有了，这是唯一的！失去了孩子，我的生命还有什么意义呢？"

"千万不要这样说！你还这么年轻，未来的生命还那么长，说不定还有好多美好的事物，正在前面等着你呢！"梦娴说。

"我生命里，最珍贵的就是这个孩子，如今孩子没有了，剩下的，就是那样一个丈夫，和暗无天日的生活！以后，除了愁云惨雾，还有什么？还有什么？"她哭着喊，字字带血，声声带泪。

门外的纪总管，老泪纵横了。

天虹失去了孩子，云翔最后一个才知道。自从天虹被纪总管带走，他就坐在房间一角的地上，缩在那儿，用双手抱着头，痛苦得不得了。他知道全家都在忙碌，知道自己又闯了大祸，但是，他无力去面对，也不想去面对。他的世界，老早就被云飞打碎了。童年，天虹像个小天使，美得让他不能喘气。好想，只是拉拉她的小手。但是，她会躲开他，用她那双美丽的手，为云飞磨墨，为云飞裁纸，为云飞翻书，为云飞倒茶倒水……只要云飞对她一笑，她就满脸的光彩。这些光彩，即使他们做了夫妻，她从来没有为他绽放过。直到云飞归来那一天，他才重新在她眼里发现，那些光彩都为云飞,不为他!

他蜷缩在那儿,整晚没有出房间,觉得自己是世界上最痛苦的人。他不知道坐了多久,直到祖望大步冲进来,品慧跟在后面,祖望对他大吼一声:

"你这个混账!你给我站起来!"

他抬头看了祖望一眼,仍然不动。祖望指着他,气得发抖,怒骂着:

"你是受过高等教育的人,念过书,出身在我们这样的家庭,你怎么可能混账到这种程度?天虹有孕,你居然对她拳打脚踢,你有没有一点点天良?有没有一点点爱心?那是你的妻子和你的儿子呀!你怎么下得了手?"

云翔的身子缩了缩,抱着头不说话。品慧忙过去拉他:

"云翔!起来吧!赶快去看你老婆,安慰安慰她,跟她道个歉……她现在伤心得不得了,孩子已经掉了!"

云翔一个震动,心脏猛烈地抽搐,这才感到椎心的痛楚。

"孩子……掉了?"他失神地,讷讷地问。

"是啊!大夫来,救了好半天,还是没保住,好可惜,是个男孩……大家都难过得不得了……你赶快去安慰你老婆吧!"品慧说。

"孩子掉了?孩子掉了?"他喃喃自语,心神恍惚。

祖望越看他越生气,一跺脚:

"你还缩在那儿做什么?起来!你有种打老婆,你就面对现实!去对你岳父道歉,去对天尧道歉,去对你老婆道歉……然后,去给我跪在祖宗牌位前面忏悔!你把我好好的一个孙子，就这么弄掉了！"

他勉勉强强地站起身，振作了一下，色厉内荏地说：

"哪有那么多的歉要道？孩子没了，明年再生就是了！"

祖望瞪着他，气得直喘气，举起手来，就想揍他：

"你去不去道歉？你把天虹折腾得快死掉了，你知道吗？"

他心中一紧，难过起来：

"去就去嘛！天虹在哪里？"

"在你大娘那儿！"

他一听到这话，满肚子的疑心，又排山倒海一样地卷了过来，再也无法控制，他瞪着品慧，就大吼大叫起来：

"她为什么在'大娘'那里？她为什么不在你那里？你才是她的婆婆，掉了的孩子是你的孙子，又不是大娘的！为什么她去'大娘'那里？你们看，这根本就有问题，根本就是欺负我一个人嘛！"

品慧愕然，被云翔骂得接不上口。祖望莫名其妙地问：

"她为什么不可以在梦娴房里？梦娴是看着她长大的呀！"

云翔绕着房间疾走，振臂狂呼：

"啊……我要疯了！你们只会骂我，什么都不知道！今天，大娘把天虹带出去，说是去庙里上香！结果她们什么庙都没有去，大娘带她去见了云飞！回来之后，还跟我撒谎，被我逼急了，才说真话！还有这个……"他跑去抓起那件披风："她的衣服，居然在云飞房里！今天才被小莲找到！你们懂吗？我的绿帽子已经快碰到天了！这个孩子，你们敢说是我的吗？如果是我的，要大娘来招呼，来心痛吗？"

品慧震惊地后退，不敢相信地自言自语：

"不可能的！不可能的……"

云翔对品慧再一吼：

"什么不可能？天虹爱云飞，连展家的蚂蚁都知道！你一天到晚好像很厉害，实际就是老实，被人骗得乱七八糟，还在这儿不清不楚！"

祖望一退，瞪着他：

"我不相信你！我一个字也不相信你！天虹是个好姑娘，知书达礼，优娴贞静！她绝不可能做越轨的事！你疯了！"

云翔像一只受伤的野兽，发出一阵狂啸：

"你为什么不去问一问大娘？优娴贞静的老婆会欺骗丈夫吗？优娴贞静的老婆会背着丈夫和男人私会吗？"他对祖望大吼："你不知道老婆心里爱着别人的滋味！你不知道戴绿帽子的滋味！你不知道老婆怀孕，你却不能肯定谁是孩子父亲的滋味！我疯了，我是疯了，我被这个家逼疯了，我被这样的老婆兄弟逼疯了！"

祖望瞪着云翔，震惊后退，嘴里虽然振振有词，心里却惊慌失措了。他从云翔的房里"逃了出来"，立刻叫丫头把梦娴找到书房里来细问，梦娴一听，惊得目瞪口呆。

"云翔这样说？你也相信吗？不错，今天我带天虹去了塘口，见到云飞阿超，还有萧家的一大家子，那么多人在场，能有任何不轨的事吗？天虹求我带她去，完全是为云翔着想啊！云翔不能一辈子躲在家里，总会出门，天虹怕云飞再对云翔报复，是去求云飞放手，她是一片好心呀！"

祖望满屋子走来走去，一脸的烦躁：

"那么，天虹的衣服，怎么跑到云飞房里去了？"

梦娴一怔，回忆着，痛苦起来：

"那是我的疏忽，早就该给她送回去了！大家住在一个院子里，一件衣服放那里，值得这样小题大做吗？那件衣服……"她懒得说了，说也说不清！她看着祖望，满脸的不可思议："天虹的孩子，就为了这些莫名其妙的理由，失去了？是我害了她，不该带她去塘口，不该忘了归还那件衣服……天虹实在太冤了！如果连你都怀疑她，这个家，对她而言，真的只剩下愁云惨雾了！"

祖望听得糊里糊涂，心存疑惑，看着她，气呼呼地说：

"你最好不要再去塘口！那个逆子已经气死我了，你是展家的夫人，应该和我同一阵线！我不要认那个儿子，你也不要再糊涂了！你看，都是你带天虹出去，闯下这样的大祸！"

梦娴听了，心中一痛。挺了挺背脊，她眼神凄厉地看着他，义正词严地说：

"我嫁给你三十几年，没有对你说过一句重话！现在，我已经来日无多，我珍惜我能和儿子相聚的每一刻！你不认他，并不表示我不认他，他永远是我的儿子！如果你对这一点不满意，可以把我一起赶出门去！"

她说完，傲然地昂着头，出门去了。

祖望震动极了，不能相信地瞪着她的背影，怔住了。这个家，到底是怎么回事？怎么会这样分崩离析，问题重重呢？

24

几天后,梦娴去塘口,才有机会告诉云飞,关于天虹的遭遇。

所有的人都震动极了,这简直是一件不可思议的事!云飞想到天虹对这个孩子的期盼、渴望和热爱,顿时了解到,对天虹来说,人间至悲的事,莫过于此了。

"好惨!她伤心得不得了,在我房里住了好多天,现在纪总管把她接回去了!我觉得,孩子没有了,天虹的心也跟着死了!自从失去了孩子,她就不大开口说话,无论我们劝她什么,她都是呆呆的,整个人都失魂落魄了!"梦娴含着泪说。

"娘!你得帮她忙!她是因为这个孩子,才对生命重新燃起希望的!她所有的爱,都灌注在这个孩子身上,失去了孩子,她等于失去了一切!你们要多陪陪她,帮她,跟她说话才好!"云飞急切地说。

"怎么没说呢?早也劝,晚也劝,她就是听不进去。整个人像个游魂一样!"

阿超气愤极了,恨恨地说:

"哪有这种人?只会欺负女人!这个也打,那个也打,老婆怀了孕,他还是打!太可恶了!我真后悔上次饶他一命,如果那天要了他的命,他就不能欺负天虹小姐了!偏偏那天,还是天虹帮他求情!"

"云翔呢?难道一点都不后悔吗?怎么我听郑老板说,他这些天,每晚都在待月楼豪赌!越赌越大,输得好惨!没有人管他吗?纪总管和天尧呢?"云飞问。

"天虹出事以后,纪总管的心也冷了,最近,他们父子都在照顾天虹,根本就不管云翔了。云翔大概也想逃避问题,每天跑出去,不知道做些什么!我看,天虹这个婚姻,是彻底失败了!"

云飞好难过,萧家姊妹也跟着难过。雨凤想起天虹的"梦",没想到,这么快就幻灭了。大家垂着头,人人情绪低落。梦娴急忙振作了一下,提起兴致,看大家:

"算了,不要谈这个扫兴的话题了!你们怎样?还有三天就结婚了……"四面看看:"你们把房子布置得好漂亮,到处都挂着花球和灯笼,真是喜悦极了!"

阿超兴奋起来:

"你们知道吗?那些花球和灯笼,都是虎头街那些居民送来的!他们现在都知道我们的事了,热情得不得了,一会儿送花,一会儿送灯笼,一会儿送吃的,一会儿送衣服……有一个贺伯庭,带着老婆和九个孩子来帮我们打扫,再加我们家的几个孩子,简直热闹得鸡飞狗跳!"

"真的呀?"梦娴听得欢喜起来。

云飞点点头,非常感动地说:

"我现在才知道,一般老百姓这么单纯、善良和热情!娘,我们家以钱庄起家,真的很残忍,'放高利贷'这个行业,不能再做了!家里赚够了钱,应该收手,不要再剥削他们了!"

梦娴深深地看了他一眼:

"就是你这种论调,把你爹吓得什么都不敢给你做了!"

云飞一听到"你爹"两个字,就头痛了,急忙转变话题:

"我们也不要谈这个!娘,你看,这是我们的喜帖,我们把你的名字,印在喜帖上,没有关系吗?"他把喜帖递给梦娴。

"有什么关系呢?难道我不是你娘吗?"她低头看着喜帖,看着看着,心里不能不涌上无限的感慨,"实在委屈你们两个了!这样的喜帖,开了桐城的先例,是前所未有的!这样的喜帖,说了一个好长的故事!"

"是!"云飞低语,"一个好长好长的故事!"

雨凤低着头,心里真是百味杂陈。

这张喜帖,当天就被云翔拿到了,他冲进祖望的书房,把喜帖往桌上一放,气急败坏地喊:

"爹!你看看这个!"

祖望拿起请帖,就看到下面的内容:

  谨订于民国八年十月初六,为小儿苏慕白,义女萧雨凤举行婚礼。早上十时在待月楼,敬请
  阖第光临

    男方家长 魏梦娴
            敬上
    女方家长 郑士逵

祖望大惊,一连看了好几遍,才弄明白是什么意思。他把请帖啪的一声,摔在桌子上。大怒:

"岂有此理!"

云翔在一边火上加油,愤愤不平地喊:

"爹!你还不知道吗?现在整个桐城,都把这件事当一个大笑话,大家传来传去,议论纷纷!桐城所有的达官贵人,知名人士,都收到了这张请帖,郑老板像撒雪片一样地发帖子!大家都说,'展城南'已经被'郑城北'并吞了,连展家的儿子都改名换姓,投效郑老板了!最奇怪的是,大娘居然具名帮云飞出面!我们这个脸可丢大了,我在外面,简直没法做人!"

"云飞居然这样做!他气死我了!我叫他不要娶雨凤,他非娶不可,偷偷摸摸娶也就算了,这样大张旗鼓,还要郑老板出面,简直存心让我下不来台!什么意思?太可恶了!"祖望怒不可遏。

"而且,这个郑老板,和她们姊妹不干不净,前一阵子

还盛传要娶雨鹃做三姨太,现在,摇身一变,成了义父,名字和大娘的名字排在一起,主持婚礼!这种笑话,你受得了吗……"

云翔话没说完,祖望抓起请帖,大踏步冲出门去。一口气冲到梦娴房里,把那张请帖重重地掷在桌上,愤怒地喊:

"你给我解释一下,这是什么东西?"

梦娴抬头,很冷静地看着他:

"这是我儿子的结婚请帖!"

"你儿子?你儿子?云飞叛变,连你也造反吗?"他吼着。

梦娴挺直背脊,盯着他:

"你好奇怪!儿子是你不要了,你完全不管他的感觉、他的自尊,把他贬得一文不值,叫他不要回家!你侮辱他的妻子,伤透他的心,你还希望他顾及你的面子吗?"

祖望一听,更气,喊着:

"人人都知道,他是我的儿子,他却弄了一个不伦不类的名字苏慕白,昭告全天下,他再也不姓展!我不许他娶雨凤,他偏要娶,还要娶得这么轰轰烈烈!他简直冲着我来,哪有这样不孝的儿子?"

"他已经不是你的儿子了,也就谈不上对你孝不孝!他知道你对他所有的行为,全体不同意,只好姓苏,免得丢你展家的脸!这样委屈,依然不行,你要他怎么办?"

"好好好!他不是我的儿子了,我拿他没有办法,但是,你还是我的老婆,这个姓苏的结婚,要你凑什么热闹?"

"没办法,这个姓苏的,是我儿子!"

"你存心跟我作对,是不是?"

梦娴悲哀地看着他,悲哀地说:

"我好希望今天这张请帖上,男方家长是你的名字!你以为这张请帖,云飞很得意吗?他也很悲哀,很无可奈何呀!哪有一个儿子要结婚,不能用自己的真名,不能拜见父母爹娘,不能把媳妇迎娶回家!何况是我们这样显赫的家庭!你逼得他无路可走,只能这样选择!"

"什么叫无路可走?他可以不要结婚!就是要结婚,也不用如此招摇啊!你去告诉他,这样做叫作'大逆不道'!让他马上停止这个婚礼!"

梦娴身子一退,不相信地看着他:

"停止婚礼?全桐城都知道这个婚礼了,怎么可能停止?现在停止,你让云飞和雨凤怎么做人?"

"这场婚礼举行了,你要我怎么做人?"

"你还是做你的展祖望,不会损失什么的!"

"你说的是什么话?你就这样护着他!帮着他来打击我!那个雨凤,这么嚣张,什么叫红颜祸水,就是这种女人!哪有一个好女人,会让云飞和家庭决裂到这个地步!"

"我劝你千万不要说这种话,如果你心里还有这个儿子,他们塘口的地址你一定知道,去看看他们,接受雨凤做你的儿媳妇,参加他的婚礼,大大方方地和他们一起庆贺……这是一个最好的机会,说不定你可以收回一个儿子!"梦娴深刻地说。

祖望觉得梦娴匪夷所思,不敢相信地瞪着她:

"你要我去和云飞讲和？你要我同意这个婚礼，还参加这个婚礼？你还要我接受雨凤？你想教我做一个'圣人'吗？"

"我不想教你做一个'圣人'，只想教你做一个'父亲'！"

祖望对梦娴一甩袖子：

"你先教云飞怎么做'儿子'吧！你莫名其妙，你疯了！你自己也学一学，怎样做一个'妻子'和'母亲'吧！"

祖望说完，拂袖而去了。梦娴看着他的背影，满心伤痛和失望。

婚礼的前一天，塘口的新房已经布置得美轮美奂。大家的兴致都很高昂，计划这个，计划那个。雨凤的卧室是新房，床上挂着红帐子，铺着簇新的红被子，镜子上打着红绸结，墙上贴着红囍字……一屋子的喜气洋洋。

雨凤和云飞站在房里，预支着结婚的喜悦，东张西望，看看还缺什么。

门外有一阵骚动声，接着，雨鹃就冲到房门口来，喊：

"慕白，你爹来了！他说，要跟雨凤讲话！"

云飞和雨凤都大吃一惊。雨鹃就看着雨凤说：

"见，还是不见？如果你不想见，我就去挡掉他！"

云飞急忙说：

"这样不好！他可能是带着祝福而来的！我们马上要办喜事，让大家分享我们的喜悦，不要做得太绝情吧！"他问雨鹃："谁跟他一起来？"

"就他一个人！"

"一个人？我去吧！"云飞一愣，慌忙跑了出去。

雨凤镇定了一下纷乱的情绪，对雨鹃说：

"既然他点名找我，不见大概不好，你把弟妹们留在后面，我还是出去吧！"

雨鹃点头。雨凤就急急忙忙奔出去。

云飞到了客厅，见到挺立在那儿的父亲，他有些心慌，有些期待，恭敬地说：

"爹！没想到您会来，太意外了！"

祖望锐利地看着他：

"你还叫我爹？"

云飞苦笑了一下，在这结婚前夕，心情非常柔软，就充满感情地说：

"人家说，一日为师，终身为父。师都如此，何况，你还是我真正的爹呢！来，这儿坐！"

"我不坐，说几句话就走！"

雨凤端着茶盘出来，由于紧张，手都发抖。阿超过来，接过托盘，端出去：

"老爷，请喝茶！"

祖望看着阿超，气不打一处来：

"阿超，你好！今天叫我老爷，明天会不会又打进家门来呢？"

阿超一怔，还没说话，云飞对他摇摇头，他就退了下去。

雨凤忐忑地走上前，怯怯地说：

"展伯伯，请坐！"

祖望盯着雨凤，仔细地看她，再掉头看云飞，说：

"我已经看到你们的结婚喜帖了！你真的改姓苏，不姓展了？"

云飞愣了愣，带着一份感伤和无奈，说：

"展家，没有我容身之处啊！"

祖望再看向雨凤，眼光锐利。他沉着而有力地说：

"雨凤，听云飞说，你念过书，有极好的修养，有极高的情操！我相信云飞的眼光，不会看走眼！"

雨凤被动地站着，不知道他的真意如何，不敢接口。他定定看她：

"你认为一个有教养、有品德、有情操的女子，对翁姑应该如何？"

她怔住，一时之间，答不出来。云飞觉得情况有点不妙，急忙插嘴：

"爹，你要干什么？如果你是来祝福我们，我们衷心感谢，如果你是来责问我们，我们已经没有必要听你教训了！"

祖望对云飞厉声说：

"你住口！我今天是来跟雨凤谈话的，不是跟你！"他再转向雨凤："你教唆云飞脱离家庭，改名换姓，不认自己的亲生父亲，再策划一个不伦不类的婚礼，准备招摇过市，满足你的虚荣，破坏云飞的孝心和名誉，这是一个有教养、有情操的女子会做的事吗？应该做的事吗？"

雨凤听了，脸色立即惨变，踉跄一退，整个人都呆住了。

云飞大惊，气坏了，脸色也转为惨白，往前一站，激动地说：

"你太过分了！我以为你带着祝福而来，满心欢喜地接待你，喊你一声爹！你居然对雨凤说这种话！我改名换姓，是我的事！如果展家是我的骄傲，是我的荣耀，我为什么要改名换姓？如果我能够得到你的支持和欣赏，我又何至于走到今天这一步？我那一大堆的无可奈何，全与你有关，你从来不检讨自己，只会责备别人，我受够了！这儿是苏家，请你回去吧！"

祖望根本不理他，眼睛专注地瞪着雨凤：

"我今天来要你一句话！我知道你交游广阔，请得动郑某人为你撑腰，你就不怕你未来的丈夫，成为桐城的笑柄，被万人唾骂吗？如果，你真的念过书，真的是个有修养的姑娘，真的了解中国人的传统观念，真的为大局着想……停止吧！停止这个荒唐的婚礼，停止这场闹剧！如果你真心爱云飞，就该化解他和家庭的裂痕，到那时候，你才有资格和云飞论及婚嫁！"

雨鹃和阿超，一直站在门外倾听，这时，雨鹃忍无可忍，冲了出来，往祖望面前一站，气势汹汹地喊：

"你不要欺负我姊姊老实，对她这样侮辱责骂！你凭什么来这里骂人？我给你开门，是对你的客气！今天，又不是展家娶媳妇，跟你一点关系都没有！你管不了我们！"

祖望啧啧称奇地看云飞：

"这就是有修养、有品德、有情操的女子，你真让我大开眼界！"

云飞又气又急,他深知雨凤纤细敏感,这条感情的路,又走得特别坎坷。她那份脆弱的自尊心,好容易受伤。这个婚事,自己是拼了命争取到的,两人都已受尽苦难,实在得来不易!在这结婚前夕,如果再有变化,恐怕谁都受不了!他生怕雨凤又退缩了,心里急得不得了,就往前一站,沉痛地说:

"你够了没有?你一定要破坏我的婚礼吗?一定要砍断我的幸福吗?你对我,没有了解,没有欣赏,但是,也没有同情吗?"

雨鹃看到雨凤脸色惨白,浑身发抖,就推着她往里面走:"进去,进去!我们没有必要听这些!"

"雨凤!你就这样走了?没有一句答复给我吗?"祖望喊。

雨凤被推着走了两步,听到祖望这一喊,怔了怔。忽然,她挣开了雨鹃,折回到祖望面前来。她先看看云飞和雨鹃,满脸肃穆地说:

"你们不要说话!展伯伯来这儿,要我的话,我想,我应该把我的话说清楚!"

云飞好紧张,好着急。雨鹃好生气。

雨凤就抬头直视着祖望,眼神坚定,不再发抖了,她一字一字,清清楚楚地说:

"展伯伯,听了你的一篇话,我终于了解慕白为什么改名换姓了!为了我造成他的父子不和,我一直深深懊恼,深深自责。现在,懊恼没有了,自责也没有了!你刚刚那些话,刻薄恶毒,对我的操守品德,极尽挖苦之能事。对一个这样怀疑我的人,误解我的人,否决我的人,我不屑于解释!我只有几句话要告诉你!我爱慕白,我要嫁慕白!不管你怎么破坏,不管你用什么身份来这儿,都无法转变我的意志!我曾经把慕白当成我的杀父仇人,那种不共戴天的仇恨,都瓦解在这份感情里,就再也没有力量来动摇我了!"

祖望简直没有想到,她会说出这样一篇话,不禁睁大眼睛,看着她。

云飞也没有想到,她会说出这样一篇话,也睁大眼睛,看着她。

雨鹃和阿超,全都睁大眼睛看着她。

雨凤咽了口气,继续说:

"你跟慕白,有三十年的渊源,我跟他,只有短短的一年!可是,我要好骄傲地告诉你,我比你了解他,我比你尊重他,我比你爱他!他在我心里,几乎是完美的,在你心里,却一无是处!人,为'爱'和'被爱'而活,为'尊敬'和'体谅'而活,不是为单纯的血缘关系而活!我认为,我值得他做若干牺牲,值得他爱,更值得他娶!你不用挖苦我,不用侮辱我,那些,对我都不发生作用了!随你怎么阻挠,你都不能达到目的,我一定会成为他的新娘!和他共度这一生!"

云飞听得热血沸腾,呼吸急促,眼光热烈地盯着她。

祖望脸色铁青,瞪着她,大声说:

"你执意这么做,你会后悔的!"

雨凤眼中闪着光彩,字字清脆,掷地有声地说:

"哦！我不会的！我永远不会后悔的！现在，我才知道，在你这么强大的敌视下，慕白为了娶我，付出了多大的代价！我太感动了，我会永远和他在一起，不论前途多么艰辛，我会勇敢地走下去！我会用我整个生命，来报答他的深情！"

她吸了口气："好了，你要我的话，我已经给你了！再见！"

她说完，就转过身子，昂首阔步，走进里面去了。

云飞情不自禁，撂下祖望，追着她而去。

祖望呆呆地站着，有巨大的愤怒、巨大的挫败感，也有巨大的震撼。

雨凤出了客厅，就一口气奔进卧房，云飞追来，把她一把抱住，热烈地喊着：

"你从来没有说过这些话！你让我太感动、太激动了！"

她依偎着他，把手放进他的手中：

"你摸摸我的手！"

云飞握住她的手，一惊：

"你的手怎么冷冰冰？"

她大大地喘了口气：

"我又紧张，又激动，自己都不知道在说什么！我每次一紧张，浑身都会发冷！从来没说过那么多话，觉得自己词不达意，我只有一个念头，我不能被打倒，我不能失去你！"

云飞用双手握着她的手，试图把她的手温暖起来。他凝视着她的眼睛，发自肺腑地说：

"你完全达意，说得太好太好了！每一个字，都让我震撼！我这一生，风风雨雨，但是，绝对没有白活，因为上苍把你赐给了我!"他顿了顿,再说:"我要借用你的话,因为我无法说得更好——我会用我整个生命,来报答你的深情!"

她投进他的怀里,伸出双手,紧紧地环抱住他。再也没有迟疑,再也没有退缩,再也没有抗拒,再也没有矛盾……这个男人,是她生命的主宰!是她的梦,是她的现实,是她的命运,是她的未来,是她一切的一切。

终于,终于,到了这一天。

云飞穿着红衣,骑着大马,神采焕发,带着阿超和一队青年,组成一支"迎亲队伍",吹吹打打地到了待月楼前面。

待月楼门口,停着一顶金碧辉煌的花轿。围观群众,早已挤得水泄不通。

云飞一到,鞭炮就噼里啪啦响起来,吹鼓手更加卖力地吹吹打打,喜乐喧天。然后,就有十二个花童,身穿红衣,撒着彩纸,从门内出来。

花童后面,雨凤凤冠霞帔,一身的红。在四个喜娘、金银花、雨鹃、小三小四小五、珍珠、月娥、小范,及全身簇新的郑老板的簇拥下,走出大门。

围观群众,一见新娘出门,就报以热烈的掌声,吼声如雷地喊:

"雨凤姑娘,恭喜了!"

雨凤低眉垂目,只看得到自己那描金绣凤的大红裙摆。她款款而行,耳边充满了鞭炮声、喜乐声、欢呼声、恭喜声……她的整颗心,就随着那些声音跃动着。一阵风来,喜

帕微微扬起,群众立刻爆发出如雷的喊声:

"好美的新娘子!好美的新娘子!"

司仪大声高唱:

"上轿!"

四个喜娘,扶着雨凤上轿,群众又爆发出如雷的掌声。

云飞骑在马背上,看着雨凤上轿,心里的欢喜,像浪潮一样,滚滚而来。终于,终于,等到了这一天!终于,终于,她成了他的新娘!

"起轿!"

八个轿夫抬起大花轿。

鞭炮和喜乐齐鸣。队伍开始前进。

吹鼓手走在前面,后面是云飞,再后面是马队,再后面是花童,再后面是花轿,再后面是萧家四姊弟,再后面是仪仗队,再后面,跟着自愿参加游行的群众……整个队伍,前呼后拥,浩浩荡荡地走向街头。这是桐城有史以来最大的婚礼!

当婚礼开始的时候,云翔正气急败坏地冲进纪家的小院,大呼小叫:

"天尧!今天云飞要成亲,我们快带马队闹他们去!阻止不了婚礼,最起码给他弄个人仰马翻!"

天尧冷冷地看着他,恨恨地说:

"这种事我不做了!你找别人吧!"

云翔一呆,愕然地说:

"你们还在生我的气吗？可以了吧？我不是已经又道歉又认错了吗？不要这样嘛，等天虹身体好了，我管保再给她一个孩子就是了！"

纪总管嫌恶地看了他一眼，哼了一声，转头就要进屋。他急忙喊：

"纪叔，你不去就不去，我带阿文他们去，天尧，我们快走吧！"

天尧瞪着他，大声说：

"我说话你听不懂吗？我再也不帮你做那些无聊事了！你自己去吧！"

云翔大怒，气冲冲地喊：

"算了！神气什么？我找阿文去！"转身就跑。

纪总管在他身后，冷冰冰地说：

"你不用找阿文他们了！郑老板给了比你高三倍的待遇，已经把他们全体挖走！今天，都去帮忙云飞成亲，维持秩序去了！你的'夜枭队'，从此变成历史了！"

云翔站住，大惊失色，猛地回身看纪总管：

"你骗人！怎么可能？"

纪总管挑着眉毛：

"怎么不可能？你认为他们跟着你，是因为你肯花钱，还是因为你够义气？够朋友？大家早就对你不满意了，只是敢怒而不敢言！今天碰到一个比你更肯花钱的人，你就毫无价值了！你和云飞这场战争，你是输定了！你手下的人，现在等于是云飞的人了，你还想搅什么局？"

云翔大受打击，踉跄一退，瞪大眼睛。

这时，天虹扶着房门，颤巍巍地站在房门口，看着他。她形容枯槁，憔悴得不成人形，眼睛深幽，恨极地瞪着他。

云翔被她这样的眼光逼得一颤，急忙说：

"天虹，你别怪我！谁教你背着我去见云飞，你明知道这犯了我最大的忌讳！孩子掉了，没有关系，我们再接再厉！"

天虹走到他的面前，死死地看着他，咬牙切齿地说：

"让我清清楚楚地告诉你！你赶不上云飞的一根寒毛，我宁愿去当云飞的小老婆、丫头、用人，也不愿意跟你！此生此世，你想跟云飞比，你是门都没有！"

云翔大大地震动了，看着恨之入骨的天虹，再看冷冰冰的纪总管，再看愤恨的天尧，忽然感到众叛亲离，不禁又惊又骇又怒又恨，大叫：

"你们都去投效云飞吧！去呀！去呀……"

他掉转身子，像一头负伤的野兽，对门外冲去。

同一时间，浩浩荡荡的迎亲队伍，在群众夹道欢呼下，缓缓前进。

鼓乐齐鸣，吹吹打打。云飞骑在马上，真是踌躇满志，连阿超都左顾右盼，感染着这份喜悦。

群众挤满了街道两旁，不停地鼓掌欢呼：

"苏慕白先生，恭喜恭喜！雨凤姑娘！恭喜恭喜！"

沿途，不时有人拜倒下去，一家大小齐声欢呼：

"苏慕白先生，百年好合，天长地久！"

在人群中,有个人戴着一顶毡帽,遮着脸孔,围着围巾,遮着下巴,杂在一堆路人中,看着这个盛大的婚礼。这人不是别人,正是祖望。他虽然口口声声,责备这个婚礼,但是,却无法抑制自己的好奇心,倒要看看,被"郑城北"主持的婚礼,到底隆重到什么地步?看到这样盛大的排场,他就呆住了。再看到围观群众,密密麻麻,他就更加觉得惊心动魄。等到看到居然有人跪拜,他就完全糊涂了,纳闷起来。在他身边,正好有一家大小数人,跪倒于地,高喊着:

"苏慕白先生,大恩大德!永远不忘!祝你幸福美满,天长地久!"

他实在忍不住了,问一个刚刚起身的老者:

"你们为什么拜他?"

老者不认识他,热心地说:

"他是一个伟大的人,我们虎头街的居民,都受过他的好处,说都说不完!"

他震动了,不敢相信地看着那些人群,和骑在马上的云飞。心里模糊地想起,云飞曾经说过,有关冯谖的故事。

迎亲队伍,鼓乐喧天,迤迤逦逦……从他面前过去了。

谁都不知道,这时,云翔骑着一匹快马,正向着这条街飞驰而来。他带着满心的狂怒,立誓要破坏这个婚礼。这萧家姊妹,简直是他的梦魇!而展云飞,是他与生俱来的"天敌"!他不能让他们这样嚣张,不能让他们称心如愿,不能!不能!不能!

他催着快马,策马狂奔,狂叫:

"驾！驾！驾……"

马蹄翻腾，踹着地面，如飞而去。他疾驰着，听到吹吹打打的音乐逐渐传来。这音乐刺激着他，他更快地挥舞马鞭：

"驾！驾！驾……"

突然间，路边蹿出好多个壮汉，拦马而立，大叫：

"停下来！停下来！"

云翔急忙勒马，马儿受惊，蓦然止步。接着，那匹马就人立而起，昂首狂嘶。

云翔坐不牢，竟从马背上跌下来。

几个大汉，立刻扑上前来，三下两下，就捉住了他的手脚，把他压在地下。他大惊，一面挣扎，一面怒骂：

"你们是强盗还是土匪？哪一条道上的？没长眼睛吗？我是展云翔啊！展家的二少爷啊！"

他才喊完，就一眼看到，警察厅的黄队长，率领着好多警察，一拥而上。他还没弄清楚是怎么回事，就听到"喀哒喀哒"两声，他的双手，居然被一副冷冰冰的手铐，牢牢地铐住了。

他暴跳如雷，又踢又骂：

"你们疯了？黄队长，你看清楚了没有？我是谁？"

黄队长根本不答话，把他拖向路边的警车。一个大汉迅速地将那匹马牵走了。其他大汉们向黄队长施礼，说：

"黄队长，人交给你了，你负责啊！"

黄队长大声应着：

"告诉郑老板，放心！"

吹吹打打的声音已经渐行渐近，黄队长连忙对警察们说：

"赶快押走，不要惊动新人！"

云翔就被拖进警车，他一路吼着叫着：

"黄队长，你给我当心了！你得罪了我们展家，我管保让你活不成！你疯了吗？为什么要抓我？"

黄队长这才慢条斯理地回答：

"我们已经恭候多时了！厅长交代，今天要捣乱婚礼的人，一概抓起来，特别是你展二爷！我们沿途，都设了岗哨，不会让你接近新人的！走吧！"

警车开动了，云翔狂怒地大喊：

"你们都没命了！我警告你们！今天谁碰了我，我会一个一个记住的！你们全体死定了……还不放开我……放开我……"

警车在他的吼声叫声中，开走了。

他被直接带进了警察厅的拘留所。警察把他推进牢房，推得那么用力，他站立不稳，倒在地上。牢门就哗啦啦合上，铁锁立即喀哒一声锁上。

他从地上爬起来，扑在栅栏上，抓着栏杆，一阵摇晃，大吼大叫：

"黄队长！你凭什么把我关起来？我又没犯法，又没杀人放火，不过骑个马上街，有什么理由关起来？你这样乱抓老百姓，你当心你的脑袋……"

黄队长隔着牢门，对他好整以暇地说：

"你慢慢吼，慢慢叫吧！今天我们整个警察厅都要去喝喜酒，没有人在，你叫到明天天亮，也没人听到！你喜欢叫，你就尽管叫吧！我走了！"挥手对另外两个警察说："走吧！这个铁栅栏牢得不得了，用不着守着！大家再去街上维持秩序吧！"

两个警察应着，三个人潇潇洒洒出门去。

他大惊大急，抓着栅栏狂吼：

"警察舞弊啊！警察贪污啊！官商勾结，迫害老百姓啊……"

黄队长折回牢房，瞪着他说：

"展二爷！你省点力气吧！这些话给咱们厅长听到，你就永远出不了这道门了！"

他知道情势不妙，见风转舵，急喊：

"黄队长！你放我出去，我一定重重谢你！我好歹是展家的二少爷呀！"

"二少爷没用了！要出去，让大少爷来说吧！"黄队长说完，走了。

云翔扑在栅栏上，拼命摇着，喊着：

"黄队长！你最起码去告诉我爹一声呀！黄队长……黄队长……"

他正在狂喊狂叫，忽然觉得有一只手摸上自己的胸口，他大惊。低头一看，有个衣不蔽体，浑身肮脏的犯人不知从哪儿跑出来，正摸着他的衣服，咧着一张缺牙的嘴直笑，好像中了大奖：

"好漂亮的衣服……"

他尖叫,急急一退:

"你不要碰我……"

他这一退,脚下竟碰到另一个犯人,低头一看,这个比前一个更脏更狼狈,这时摸着他的裤管说:

"好漂亮的裤子……"

云翔这一生,哪里经验过这样的事情,吓得魂飞魄散,浑身冷汗。定睛一看,屋角,还有好几个蓬头垢面的人纷纷冒出来,个个对着他不怀好意地笑。他尖叫失声了:

"救命啊……救命啊……"

回答他的,是外面吹吹打打的喜乐,和不绝于耳的鞭炮声。

25

婚礼,隆重而盛大地完成了。迎娶之后,梦娴在塘口的新房,接受了新郎新娘的三跪九叩。看着一对璧人,终于拜了天地,梦娴的心,被喜悦涨得满满地。想到祖望的敌意,父子的决裂,难免又有一番伤痛。可是,在这欢喜的时刻,她把所有的感伤都咽下了,带着一脸的笑,迎接了她的新媳妇。

晚上,待月楼中,张灯结彩,挂满喜帐,插满鲜花,喜气洋洋。客人们都是携眷光临,女眷们个个盛装,衣香鬓影,笑语喧哗。把所有座位坐得满满的,觥筹交错,热闹得不得了。

郑老板、梦娴、雨凤、云飞、金银花坐在主桌,郑老板的夫人们、德高望重的士绅、地方长官相陪。雨鹃、小三、小四、小五、阿超、齐妈等和别的客人坐在隔壁一桌。但是,小三小四小五实在太兴奋了,哪里坐得住,不断跑前跑后,东张西望,议论纷纷。雨鹃和阿超忙得不得了,一会儿要照顾孩子们,一会儿要招待嘉宾。

客人们不断挤上前来,向新郎新娘敬酒道贺。恭喜之声,不绝于耳。

郑老板忍不住,站起身子,为这场"婚礼",说了几句话:

"各位各位!今天是雨凤和慕白大喜的日子!大家对雨凤一定都很熟悉了,也都知道她有一段痛苦的遭遇!慕白的故事,更加复杂。他们两个,走了一条非常辛苦而漫长的路,其中的曲折、奋斗和种种过程,可以写一本书!他们能够冲破各种障碍,结为夫妻,证明天下无难事,有情人必成眷属!今天的嘉宾,都是一个见证!希望大家,给他们最深切的祝福!"

所有宾客,都站起身来鼓掌,吼声震天:

"新郎新娘!恭喜恭喜!"

雨凤和云飞,双双起身,举起酒杯,答谢宾客。大家起哄,鼓掌,吼着:

"新郎,讲话!新郎,讲话!新郎,讲话!"

云飞脸红红的,被这样浓郁的幸福和欢乐涨满了,举着酒杯,不知该说什么好。半天,才勉强平定了自己激动的情绪,对宾客们诚挚地说:

"谢谢各位给我们的祝福!坦白说,我现在已经被幸福灌醉了,脑子里昏昏沉沉的,简直不知道该说什么好!就像郑先生说的,这条路我们走得很辛苦,也付出了很惨痛的代价,才换得今天!我终于证明了我自己常说的话,'这个世界因为爱，才变得美丽！'但愿各位，都有这么美丽的人生，都能分享我们的喜悦！谢谢！谢谢！让我和雨凤，诚心诚意地敬各位一杯酒！"

云飞和雨凤双双举杯，爽气地一口干了酒杯。

宾客掌声雷动，久久不绝。

雨凤和云飞，刚刚坐定。忽然间，一个高亢的歌声响了起来：

"喂……叫一声哥哥喂，叫一声郎喂……"

全体宾客惊奇不已，大家又站起身来看。雨凤和云飞也惊奇地睁大眼睛。

只见雨鹃带着小三、小四、小五，全部穿着红衣，列队走向雨凤。雨鹃唱着歌：

"郎对花，妹对花，一对对到小桥下，只见前面来个人……"

三个弟妹就合唱：

"前面来的什么人？"

"前面来的是长人！"雨鹃唱。

"又见后面来个人……"弟妹合唱。

"后面来的什么人？"雨鹃唱。

"后面来的是矮人！"弟妹合唱。

"左边又来一个人！"雨鹃唱。

"左边来的什么人？"弟妹合唱。

"来个扭扭捏捏，一步一蹭的大婶婶……"雨鹃唱。

"哦，大婶是什么人？"弟妹合唱。

"不知她是什么人。"雨鹃唱。

雨鹃就唱到一对新人面前去：

"妹妹喂……她是我俩的媒人……要给我俩说婚配，选个日子配成对！"

四个人欢声地合唱：

"呀得呀得儿喂，得儿喂，得儿喂……呀得呀得儿喂，得儿喂，得儿喂……"

这个节目太特殊了，宾客如疯如狂，拼命地拍掌叫好。

云飞和雨凤太意外了，又惊又喜，根本不知道他们是什么时候练的，感动得一塌糊涂。梦娴、齐妈从来没有看过这样的节目，又是稀奇又是感动。金银花和郑老板，也笑得合不拢嘴。拼命鼓掌。

掌声中，雨鹃带着弟妹们，歌声一转，变为合唱，齐声唱起《祝福曲》。

　　恭喜恭喜恭喜，恭喜恭喜恭喜！恭喜一对璧人，今日喜结连理！

　　多少狂风暴雨，且喜都已过去，多少甜甜蜜蜜，种在大家心底！

　　恭喜恭喜恭喜，恭喜恭喜恭喜，我们齐聚一堂，高唱祝福歌曲：

　　愿你天长地久，直到生生世世，没有痛苦别离，永远欢天喜地！

　　恭喜恭喜恭喜，恭喜恭喜恭喜，恭喜恭喜恭喜，恭喜恭喜恭喜……

歌声在一片重复的恭喜中结束。

雨凤激动得眼圈都红了,低喊着:

"不行,我要哭了!我顾不得什么形象了!"

雨凤就离席,奔上前去,将弟妹们一拥入怀,喊着:

"谢谢你们!谢谢你们!谢谢你们……"

全体宾客,都早已知道这五个兄弟姊妹家破人亡的故事,这时,全部站起来热烈鼓掌。

梦娴、齐妈、阿超、郑老板、月娥、珍珠、小范……个个感动。

欢乐的气氛,高涨在整个大厅里。

同一时间,云翔正在警察厅的拘留所里大呼小叫:

"来人啊……来人啊……"

昏黄暗淡的光线下,云翔被剥得只剩下白色的里衣里裤,脸上被揍得青一块,紫一块,白色里衣上也是污渍处处,整个人狼狈无比。他趴在铁栏杆上,不断喊着:

"喂!喂!有谁在外面?来人啊……"

那些脏兮兮的犯人,有的穿着他的上衣,有的穿着他的裤子,有的穿着他的背心,连他的怀表,都在一个犯人胸前晃荡。

"来人啊!来人啊……赶快把我弄出去呀!黄队长……只要你去告诉我爹,我给你大大的好处!听到没有?"他嘶哑地大叫,"我是展家二少爷啊!谁去给我家报个信,我出一百块……两百块……三百块……"

一个犯人凶狠狠地扑过来,大吼着:

"你有完没完?吵得大家都不能睡觉!你再吵,我把你内衣都给扒了!"

立刻,群情激愤,个个起而攻之:

"你是展家二少爷,我还是展家大少爷呢!"

"真倒霉,怎么关了一个疯子进来……吵死了!闭口!再吵我们就不客气了!"

犯人们向他逼近,他大骇,放声惨叫:

"你们不能把我关在这儿不理呀!快去告诉我爹呀……"

一个犯人伸出一只脏手,去摸他的面颊:

"儿子,别叫了,爹来了……"

云翔急遽后退,缩进墙角:

"别碰我,别碰我……啊……"他快发疯了,仰头狂叫:"展云飞!我跟你誓不两立……誓不两立……"

云飞一点也不知道云翔的事,他沉浸在他的幸福里,脑子里除了雨凤,就是雨凤。

经过一整天的热闹,晚上,一对新人终于进了洞房。

红烛高高地烧着,爆出无数的灯花。

雨凤坐在床上,他坐在她身边,两人痴痴对看,浑然忘我。

半晌,他情不自禁地握住了她的双手,虔诚地、真挚地、深情地说：

"你这么美丽，浑身都焕发着光彩。今天掀开喜帕那一刹那，我看着你，眼前闪过了所有我们从相识以来的画面：初相见的你，落水的你，唱曲的你，刺我一刀的你，生病的你，淋雨的你……直到现在这个你！我觉得简直有点像做梦，不相信这个新娘，真的是我的！我想，我这一生，永远会记得每一个刹那的你，尤其是今天的你！我的新娘，你会一辈子是我的新娘，当我们老的时候，当我们鸡皮鹤发的时候，当我们子孙满堂的时候，你还是我的新娘！"

雨凤感动极了，一瞬也不瞬地看着他。两人依偎片刻，他怜惜地说：

"好漫长的一天，终于，只有我们两个人了！累不累？"

"很累，可是，很兴奋。"她凝视他，眼中漾着醉意，"人，可以这样幸福吗？可以这样快乐吗？会不会太多了？"

他拥住她：

"傻姑娘，幸福和快乐，永远不嫌多！"

"可是，它太多了呀！我整个人，都装不下了！人家有钱人，常常对穷人施米、施药、施钱什么的，我们可不可以去'施幸福''施快乐'，让那些不知道什么是幸福和快乐的'穷人'，都能分享我们的幸福！"

"今晚在待月楼，我们不是拼命在'施'吗？"

她的唇边漾起一个梦似的微笑：

"是啊！我们在'施'，就不知道他们收到没有？"她深深地吸了一口气，满足地说："此时此刻，我希望全天下的人都快乐！"

他看着这样的她，不禁动情。好不容易，她是他的了，他心中荡起一阵温柔，一阵激动，就俯下头去，吻住了她的唇。

她微微颤动了一下，就情不自禁地反应着他。

他的唇，从她的唇上，滑到她的头颈，吻着她后颈上细细的发丝，双手轻轻地、温柔地解开她的上衣。

她的衣服滑下肩头。他在她耳边低语：

"你完完全全是我的了！"

她羞涩地垂下头去，吐气如兰：

"是。"

云飞忽然一阵颤栗。有个阴影猛地袭上心头，他帮她把衣服拉上，从床上站起来，很快地走开去。

她吃了一惊，抬头悄眼看他。只见他站在窗前，望着窗外的月亮出神。她一阵心慌意乱，想着，思索着。

红烛高烧。这是洞房花烛夜啊！

她忍不住滑下床，轻轻地走到他身边，在他耳畔低语：

"不可以把今天晚上，和你生命中的另一个晚上，联想在一起，我会吃醋的！"

他回头，凝视她：

"不是你想的那样！而是我……太爱你！这么爱你，这么珍惜，所以，我有些害怕……我现在才知道，我心底埋着一个深深的恐惧，好怕幸福会……会……"

他说不下去，只是痴痴地看着她。

她明白了,轻声地、温柔地说:

"不会的!我们的幸福,不会随随便便飞走!我要帮你生儿育女!我很健康,从小就在田野里跑来跑去,不是一个脆弱的女人!我的娘,生了五个孩子,没有因为生产发生过困难。我好感激我的爹娘,生了我们五个,让我们凝聚成一股力量,这种友爱,真是一种幸福!如果没有弟弟妹妹,我一定没有这么坚强!我也要给你生好多孩子,让我们的孩子享有这种幸福!你放心,我不是映华,我不会那么脆弱,我跟你保证!所以,不要害怕!尽管爱我!"

他盯着她,没想到她说得那么坦白。他摇头叹息:

"雨凤啊!你实在太聪明了!我不知道怎样才能少爱你一点,你把我看得这么透,让我这么神魂颠倒,我要怎么办呢?"

她就主动地抱住了他,热烈地低喊:

"占有我吧!拥有我吧!我拼了命保存我的清白,就为了今天晚上,能够把我的人,连同我的心,一起完整地交给你!"

他被她这样的热情燃烧着,鼓动着,心醉神驰,再难遏止,一把抱起她。

两人的眼光紧紧相缠,他抱着她走向床前。

两人就缠缠绵绵滚上床。

他们在卿卿我我的时候,雨鹃和阿超也没闲着。两人坐在客厅里,感染着婚礼的喜悦,夜深了,两人都了无睡意。谈这个,谈那个,谈个没完。雨鹃感动地说:

"好美啊！我从来没有看过这么隆重，这么盛大，又这么美丽的婚礼，我感动得不得了，你呢？"

"我也是！"

雨鹃凝视他，想了想，说：

"阿超，我告诉你，我一直说，我要一个和雨凤一样的婚礼，那是逗你的！我们两个，不要这么铺张了，简简单单就可以了！雨凤毕竟是大姊，而且慕白身份特殊，这才需要隆重一点！我们两个，不能让郑老板再来一次，这个人情会欠得太大！"

阿超仔细看她，说：

"你说的是真话吗？如果没有这样的排场，你会失望的！感觉上，你不如雨凤，好像是你'下嫁'了！"

雨鹃笑着，甜甜地看着他：

"不要把我想得太平凡了！如果我要排场，嫁给郑老板就好了！选择了你，就准备跟你过简单而幸福的生活。你就是我的排场，真的！"

阿超听得好高兴，心里被热情烧得热烘烘的，看着她一直笑。

"你笑什么？笑得怪怪的。"

他把她一抱，大胆地说：

"那我们沾他们的喜气，今晚就'洞房'好不好？"

她跳起身，又笑又跑：

"你想得好！我也不至于'平凡'到那个地步！"

他笑容一收，忽然正色说：

"不跟你开玩笑了!雨鹃,我这一生能够得到你,好像瞎猫捉到死老鼠,真是误打误撞的运气……"

她一听,好生气:

"你这个人,会不会讲话?"

"怎么了?哪一句不对?"

"如果慕白这样追雨凤,一定结不了婚!你就算不把我比成花啊月亮啊,也别把我比成死老鼠呀!"

"我是在说我自己像瞎猫……那么,是'瞎猫捉到活老鼠',好不好?我是瞎猫,你是活老鼠!行了吧?"

她气得哇哇大叫:

"活老鼠比死老鼠也强不了多少!何况,这只'活老鼠'会被'瞎猫'逮到,看样子,一定是一只'笨老鼠'!"

他瞪着她,鼓着腮帮子说:

"你看,我准备了一肚子的甜言蜜语,被你这样一搅和,全部都给堵回去了!"

"哦?你准备了一肚子的'甜言蜜语',那你说来听听看!"她稀奇极了。

"每次你堵我的话,我就忘了要说什么!现在,又都忘啦!"

雨鹃又好气,又好笑,又无奈:

"我看,我有点苦命!"

阿超热烈地盯着她,心里热情奔放,嘴里居然一连串地说了出来:

"你不会苦命,虽然我说的甜言蜜语不怎么甜,不怎么动听,对你的心是火热的!以后,生活里有苦,我先去尝,有辛劳,我先去做!拼了我的命,我也不会让你受苦!我顶在那儿,不能成为你的'天',最起码,成为你的'伞',下雨天,我挡着,太阳天,我遮着!"

雨鹃睁大了眼睛,大出意料之外。半晌,才回过神来,感动得一塌糊涂,大叫:

"哇!这是我听过的最美的话了!我这只'笨老鼠',只好认栽,栽进你这只'瞎猫'的怀里去了!"

她说完,就一头栽进他的怀里。

他笑着,抱住她。两人紧紧相拥,融化在一片幸福中。

塘口的新房里,浓情如酒,醉意盎然。展家的庭院里,却是人去楼空,满目萧条。

祖望过了一个寂寞的晚上,云飞离家了,连云翔也不见了。纪家父女三个,根本不肯露面。展家,从来没有这样冷冷清清过,他被一种失落的感觉,牢牢地捉住了。

婚礼第二天,祖望才知道云翔竟然关在牢里!来报信的是黄队长:

"咱们厅长交代,只要有人去闹婚礼,不管是城南还是城北的人,一概抓起来!展二爷一早就骑了马,要冲进迎亲队伍里去,没办法,只好抓起来了!"

祖望惊得目瞪口呆,品慧已经尖叫起来:

"怪不得一个晚上都没回家!黄队长,我们和你们厅长是什么交情,你居然把云翔给关了一夜?哪有这个道理!现在,人呢?"

黄队长慢条斯理地说:

"现在,人还在拘留所里,等你们去签个字、立个保,我们才能放人!"

祖望气急败坏地喊:

"什么叫签个字?立个保?要签什么字?立什么保?"

"要签你展老爷子的名字,人是你保出去,你要负责!要保证他以后不会再去苏家捣乱,否则,我们不能放人!"

"什么苏家?哪一个苏家?"品慧气糊涂了。

"就是苏慕白先生的家啊!说苏慕白你们搞不清楚,说展云飞你们总知道是谁了吧!我们奉命,对苏慕白全家大大小小,做'重点保护'!"

品慧气得快厥过去,急喊:

"老爷子!这是什么荒唐事儿?怎么会有这种事?你还不快去把云翔保出来,他从小到大,哪里受过这样的委屈?"

"老罗!老罗!去请纪总管!让他赶快去办一下!"祖望回头急喊。

黄队长一拦,对祖望笑了笑:

"还是麻烦您亲自跑一趟吧!您老得亲自签字,我们才能放人!纪总管恐怕没这个分量!没办法,我们也是公事公办!"

"老爷子呀!你快去吧!"品慧喊得天摇地动,"云翔在牢里,怎么受得了呀!会出人命的呀……"

祖望被品慧喊得心慌意乱,再也不敢耽搁,跟着黄队长,就直奔拘留所。

到了拘留所，只见云翔穿着内衣内裤，满脸瘀伤，缩在墙脚。

云翔听到人声，他一抬头，看到祖望，好像看到了救星。他跳起身子，合身扑在栏杆上，嘶哑地大喊：

"爹！快把我弄出去，快把我弄出去！这儿关着好多疯子，我快要被他们撕成好多片了！爹……"

祖望看到他这么狼狈，大惊失色，回头看黄队长：

"怎么会这样？你们打他了？"

"哪有打他？不过把他跟几个流浪汉关在一起罢了！"

黄队长开锁，牢门豁啦一声打开。

云翔蹿了出来，一反手就抓住黄队长胸前的衣服，咆哮地喊：

"你把我和这些土匪流氓关在一起，他们扒了我的衣服，抢了我的钱袋，你这儿还有王法没有……"

"他们都是无家可归的穷人，你展二少爷有钱有势，就当是救济贫民吧！还好我把你跟他们关在一起，不过扒了你的衣服，如果真正跟犯人关在一起，你这么吵闹，大概早就扒了你的皮！"

云翔气疯了，对黄队长大吼：

"我要告你！你吃里扒外，你这个卑鄙小人！"

黄队长大怒，回头喊：

"来人呀！把他关回去！"

警察们大声应着，就一拥而上。祖望急忙上前拦住，忍气吞声地赔笑：

"好了，好了！他关了一夜，难免脾气暴躁，你们不要跟他一般见识，让我带他回家吧！"连忙对云翔使眼色："云翔，不要放肆！有话，回家再说！"

云翔看到警察上前，再看那间牢房，早已吓得魂飞魄散，不敢多说。

"好了！展老爷子，人呢，交给你带回去！你签的字、立的保可别忘了！这次，我们只不过留了他一夜，下一次就没有这么便宜了！"

祖望憋着气，拼命按捺着自己，拉着云翔回家去。

云翔这口气怎么咽得下去，走进家门，一路上咬牙切齿地大骂：

"云飞在那儿神气活现地迎亲，马队搞了一大群，我不过骑匹马过去，就这样对付我！黄队长他们，现在全部胳臂肘向外弯，什么意思？爹！我今天败在云飞手里，栽在云飞手里，受到这样的奇耻大辱，不是我一个人输，是你跟我一起输！云飞假如没有郑老板撑腰，哪有这么嚣张！今天抓我，说不定明天就抓你！我非报这个仇不可……"

祖望的情绪跌进谷底，在失落之余，还有苍凉。没想到一场"家变"，演变成"南北斗法"，而自己，已经兵败如山倒！他思前想后，心灰意冷：

"我劝你算了，别再去惹他们了，我是签了字把你保出来的，再出问题，恐怕大家的日子都不好过！就算我从没生过那个儿子，让他们去自生自灭吧！"

"爹！你这说的是什么话！他把我在监牢里关了一夜，还被那些流浪汉欺负，我怎么忍这口气！我们展家，真正的夜枭不是我，是云飞，他真的心狠手辣，什么父母兄弟，一概不认，只认郑老板！和他那个能够居中穿线的'老婆'！哇……"他狂怒地暴跳着，"我受不了！受不了！"

品慧心痛得快死掉了，跟在旁边也火上加油：

"老爷子，这实在太过分了！云飞不把云翔放在眼里，也就算了，他现在根本就是在跟你'宣战'，你当作没有生他，他并不是就不存在了！他投靠了郑老板，动用官方势力抓云翔，我们以后，还有太平日子可过吗？只怕下一步，就是要把你给'吃了'！你怎么能不管？"

祖望脸色灰暗，郁闷已极：

"这个状况，实在让我想都想不到！我看，要把纪总管和天尧找来，大家商议商议！"就直着脖子喊："小莲！小莲！"

小莲奔来。

"去请纪总管和天尧过来一下！"

"我想……他们忙着，恐怕过不来！"小莲嗫嚅着。

"什么叫过不来？"

"老爷，二少奶奶的病好像很严重，他们心情坏得不得了，真的过不来。"

祖望一惊，回头看品慧：

"天虹怎样了？你没有天天过去看吗？"

品慧没好气地说：

"有你的'大老婆'天天过去看，还不够吗？"

云翔听到"天虹"二字,气又往上冲:

"她哪有什么毛病?昨天我出去的时候,她跑出来骂我,骂得顺溜得不得了!她说我……"想到天虹的措辞,气更大了,痛喊出声:"天啊,我真是世界上最倒霉的人了!"

天虹的情况真的不好。孩子失去了,她的心也跟着失去了。她的意志、思想、魂魄、精神……全部都陷进了混乱里。不发病的时候,她就陷在极度的消沉里,思念着孩子,简直痛不欲生。发病的时候,她就神志昏乱,不清不楚。

这天,她又在发病。梦娴和齐妈得到消息,都过来看她。

梦娴走进她的卧房,就看到她形容憔悴,弱不禁风地站在桌子前面。桌子上堆满了衣料,她拿着剪刀和尺,在那儿忙忙碌碌地裁衣服,忙得不得了。桌上,已经有好几件做好的衣服,春夏秋冬都有,全是婴儿的衣服。

纪总管一脸的沉重和心痛,站在旁边看,束手无策。

天虹看见梦娴和齐妈,眼中立刻闪出了光彩,急忙跑过来,把手中针线,拿给她们看:

"大娘,齐妈,你们来得正好,帮我看看,这小棉袄我做得对,还是不对?棉花是不是铺得太厚了?我怕天气冷,孩子会冻着,多铺了一点棉花,怎么看起来怪怪的?"

齐妈和梦娴交换了一个注视,都感到心酸极了。纪总管忙对梦娴鞠躬:

"太太,又要麻烦你了!你看她这样子,要怎么办?"

"先别急,我们跟她谈谈!"

齐妈握着那件小棉袄，难过地看了看：

"天虹，你的手好巧，工做得那么细！"

天虹对齐妈笑。

"你看！"她翻着棉袄，"我怕线疙瘩会让孩子不舒服，每个线疙瘩，我都把它藏在里面！你摸摸看，整件衣服，没有一个线疙瘩！"

梦娴看得好担心，转头低问纪总管：

"她这个样子，多久了？"

"从昨天中午到现在，就没有停过手，没吃东西，也没睡觉。"

"大夫瞧过了吗？"

"换了三个大夫了，大家都说，没办法，心病还要心药医！可这'心药'，我哪儿去找？"

天虹对他们的谈话，听而不闻，这时，又拿了另一件，急急地给齐妈看：

"齐妈，这件，会不会做得太小了？孩子明年三月生，算算，三个月大的时候，天气就热了，对不对？"

天尧实在忍不住了，往她面前一冲，抓住她的胳臂，摇着，喊着：

"天虹！你醒一醒！醒一醒！没有孩子了，你拼命做小衣服干什么？你要把大家急死吗？一个小孩没有那么重要！"

天虹大震，急遽后退，惊慌失措地看着天尧：

"有的！有的！你为什么要这样说？"她急忙抬头看梦娴，求救地、害怕地喊："大娘……你告诉他，他弄不清楚！"

"你才弄不清楚!你的孩子已经掉了,被云翔一场大闹弄掉了!你记得吗?记得吗?"天尧激动地大喊。

"大娘!大娘!"她求救地扑向梦娴。

梦娴忙奔上前去,抱住了她,对天尧摇摇头:

"不要那么激烈,跟她好好说呀!"

纪总管眼中含泪了:

"怎么没有好好说,说得嘴唇都干了!她根本听不进去!"

天虹瑟缩在梦娴怀里,浑身发抖,睁大眼睛,对梦娴说:

"等孩子出世了,我搬去跟你一起住,好不好?我爹和我哥,对孩子的事,都一窍不通。你和齐妈,可以教着我,我们一起带他,好不好?我和雨凤有一个约会,将来,她要带着她的孩子,我带着我的孩子,我们要在一起玩!把所有的仇恨通通忘掉!雨凤说,我们可以有这样的梦!"

梦娴心中一痛,把她紧拥在怀中:

"天虹啊!你要给自己机会,才能有那一天呀!你还可以有下一个呀!让我们把所有的希望,放在以后吧!你要面对现实,这个孩子,已经失去了!"

天虹一个寒颤,倏然醒觉:

"孩子没有了?"她清醒了,看梦娴,需要肯定地:"真的没有了?失去了?"

"没有了!但是,你可以再怀再生呀!"梦娴含泪说。

她蓦地抬头,眼神凄绝:

"再怀再生?再怀再生?"她凄厉地大喊:"怎么再怀再生?我恨死他!恨死他!恨死他!我这么恨他,怎么会再有孩子？他连自己的孩子都杀……他不配有孩子！他不配有孩子！"

她一面喊着，一面挣开梦娴，忽然对门外冲去。

"天虹！你要去哪里？"梦娴惊喊。

天尧奔过去，一把抱住天虹。她极力挣扎，大吼：

"我要去找他！我要杀掉他！那个魔鬼！凶手……"她挣扎着，痛哭着："他知道我有多爱这个孩子，他故意杀掉我的孩子，我求他，我跪他，我拜他，我跟他磕头……他就是不听，他存心杀掉他！怎么会有这样的爹？怎么会给我遇到？"

纪总管心都碎了，过来揽住她，颤声说：

"你心里的苦，爹都明白……"

天虹泣不成声，喊着："你不明白……我要我的孩子，我要我的孩子，我要我的孩子……"

她喊着喊着，没力气了，倒在父亲怀里啜泣着："上苍已经给了我希望，为什么又要剥夺掉？我什么都没有，所有属于我的幸福，一样样都失去了。我只有这个孩子，为什么也留不住？为什么？为什么？"

梦娴、齐妈、纪总管、天尧都听得泪盈于眶了。

26

　　展家虽然已经陷在一片愁云惨雾里，塘口的云飞新家，却是浓情蜜意的。

　　云飞和雨凤，沉浸在新婚的甜蜜中，如痴如醉。每个崭新的日子，都是一首崭新的诗。他们早上起床，会为日出而笑。到了黄昏，会为日落而歌。没有太阳的日子，他们把天空的阴霾，当成一幅泼墨画。下雨的时候，更是"画堂人静雨蒙蒙，屏山半掩余香袅"。至于月夜，那是无数无数的诗。是"云破月来花弄影"，是"情高意真，眉长鬓青，小楼明月调筝，写春风数声"，是"月上柳梢头，人约黄昏后"，是"明月几时有，把酒问青天"。云飞喜欢看雨凤的每个动作，每个表情。觉得她的每个凝眸，每个微笑，每个举手投足，都优美如画，动人如诗。他就陶醉在这诗情画意里，浑然忘却人间的烦恼和忧愁。不只他这样，家里每一个人都是这样。雨鹃和阿超也被这种幸福传染了，常常看着一对新人笑，笑着笑着，就会彼此也傻笑起来，好像什么事情都能让人笑。小三、小四、小五更是这样，有事没事，都会开怀大笑起来，把那欢乐的笑声，银铃般抖落在整个房子里。

这种忘忧的日子持续了一段时间，直到郑老板来访。

郑老板把一些几乎尘封的仇恨又唤醒了，把一些几乎已经忘怀的痛苦又带到了眼前。他坐在那间仍然喜气洋洋的客厅里，看着雨鹃和雨凤，郑重地说：

"雨鹃，我答应你的事，一直没有忘记。你们姊妹的深仇大恨，我也一直放在心里。现在，时机已经成熟了，你们还要不要报仇？"

雨鹃眼睛一亮，和展夜枭的仇恨，像隐藏的火苗，一经点火，就立刻燃烧起来。她兴奋地喊：

"你有报仇的方法了？什么方法？快告诉我！"

雨凤、云飞、阿超都紧张起来。

"本来，早就要跟你们说，但是，慕白和雨凤正在新婚，让你们先过几天平静的日子！现在，你们可以研究一下，这个仇，到底要报还是不要报？"郑老板看着云飞，"如果你还有顾虑，或是已经不愿追究了，我也是可以理解的！"

云飞愣了愣，还没回答，雨鹃已经急切地追问：

"怎么报呢？"

"你们大概还不知道，我把阿文他们全体弄过来了！展家的夜枭队，现在都在我这儿！"

"我知道了，那天在喝喜酒的时候看到阿文，他都跟我说了！"阿超说。

"好，削弱展家的势力，必须一步一步地做。这件事，我已经进行了一段时间。基本上，我反对用暴力。如果来个南北大械斗，一定伤亡惨重，而且私人之间的仇恨会越结越深，绝对不是大家的福气。但是，这个展夜枭的种种行为，实在已经到了让人忍无可忍的地步！我用了一些时间，找到原来在溪口居住的二十一户人家，他们大部分都是欠了展家的钱，被展夜枭半夜骚扰，实在住不下去，很多人都被打伤，这才纷纷搬家。大家的情形都和寄傲山庄差不多，只是，寄傲山庄闹到失火死人，是最严重的一个例子！"

大家都聚精会神地听着。

"你们也知道，桐城的法律，实在不怎么公平，像在比势力，不是比道理！可是，天下不是只有桐城一个地方，而且，现在也不是无政府状态！我已经说服了这二十一户人家，联名控告展夜枭！"

"大家都同意了吗？"雨鹃问。

"大家都同意了！但是，你们萧家是第一户，你们五个兄弟姊妹，必须全部署名！这张状子，我经过部署，可以很快地通过地方，到达北京！我有把握，马上把展夜枭送进大牢！整个夜枭队，都愿意为当初杀人放火的行为作证！所以，这个案子一定会赢。这样，我们用法律和道义来制裁他，无论如何，比用暴力好！你们觉得怎么样？"

雨凤看云飞，雨鹃看雨凤，云飞看阿超。大家看来看去。

"你确定告得起来吗？是不是还要请律师什么的？"雨凤问。

"请律师是我的事,你们不用管!这不是一个律师的事,而是一个律师团的事!你们要做的,就是在状子上签名,到时候,可能要去北京出庭。我会把一切都安排好,如果告不起来,我今天也不会来这一趟,也不会跟你们说了!"

"如果我们赢了,展夜枭会被判多少年?"雨凤再问。

"我不知道,我想,十年以上,是跑不掉的!等他关了十年再出来,锐气就磨光了,展家的势力也瓦解了,那时候,他再也构不成威胁了!"

云飞听到这儿,脸色一惨,身子就不自禁地打了个寒颤。

雨鹃却兴奋极了,越想越高兴,看着雨凤,大声地说:

"我觉得太好了!可以把展夜枭关进牢里去,我夜里做梦都会笑!这样,不但我们的仇报了,以后,也不用担心害怕了!我们签名吧!就这么办!"她再看郑老板:"状子呢?"

"状子已经写好了,你们愿意签字,我明天就送来!"

雨凤有些犹疑,眼光不断地看向云飞:

"慕白,你的意思怎样?"

云飞低下头,想了好半天。在这个幸福的时刻,来计划如何削弱展家,如何囚禁云翔,他实在没有办法,让自己同仇敌忾。他心有隐痛,神情哀戚,对郑老板说:

"我们再考虑一下好不好?"

"好啊!你们考虑完了,给我一个答复!"郑老板看看大家,"你们心里一定有一个疑问,做这件事,对我有什么好处?我坦白告诉你们,我最受不了欺负女人的男人,还有欺负弱小的人!我没有任何利害关系,只是路见不平,想主持一下正义!"

"我知道,你已经一再对'城南'警告过了,他们好像根本没有感觉,依然强行霸道!你这口气不出,也憋不下去了!"雨鹃说。

"雨鹃真是聪明!"郑老板一笑,看着雨鹃和阿超,"正事谈完了,该研究研究你们两个的婚事了!日子选定没有?"

阿超急忙说:

"我和雨鹃,决定简简单单地办,不要那么铺张了!"

"再怎么简单,这迎娶是免不了的!我这个女方家长,还是当定了!"他对阿超直笑,"这是我最大的让步,除非,你让我当别的!"

阿超急忙对他深深一鞠躬,一迭连声地说:

"我迎娶!我迎娶!我一定迎娶!"

雨鹃笑了,大家也都笑了。

云飞的笑容里,带着几分勉强和萧索。雨凤悄眼看他,就为他的萧索而难过起来。

郑老板告辞之后,云飞就一语不发地回到卧室里。雨凤看他心事重重,身不由己,也追进卧室。只见云飞走到窗前,站在那儿,望着窗外的天空,默默地出着神。雨凤走到他的身边,柔声问:

"你在想什么?"

"我在跟你爹'谈话'!"

雨凤怔了怔,看看天空,又看看他:

"我爹跟你说:'得饶人处且饶人'吗?"

"你连你爹说什么都知道?"

"我不知道我爹说了什么,我知道你希望他说什么。"她凝视他,深思地说,"郑老板的方法,确实是面面俱到!你曾经想杀他,这比杀他温和多了!一个作恶多端的人,我们拿他没办法,如果王法拿他也没办法,这个世界就太灰暗了!"

"你说的很有理。"他闷闷地说。

"如果我们由于不忍心,或者,你还顾虑兄弟之情,再放他一马,就是把这个隐形杀手,放回这个社会,你能保证他不再做坏事吗?"

他沉吟不语,只是看着她。他眼神中的愁苦,使她明白了:

"你不希望告他?"

他好矛盾,叹了一口长气:

"我恨他!真的恨之入骨!尤其想到他欺负你那次,我真的恨不得杀掉他!可是,我们现在好幸福。在这种幸福中,想到整个展家的未来,我实在心有不忍!这个案子,绝不是单纯地告云翔,我爹也会受牵连!如果你签了这个字,对于我爹来说,是媳妇具名控告他,他的处境,实在可怜!在桐城,先有我大张旗鼓地改名换姓,再有你告云翔一状,他怎么做人?"

"我以为……你已经姓苏了!"

"我也以为这样!想到云翔的可恶,想到我爹的绝情,我对展家真是又气又恨!可是,真要告他们,事到临头,还是有许多的不忍!郑老板那么有把握,这件事一定会闹得轰轰烈烈，人尽皆知！如果云翔因为你告他而被判刑，我爹怎么活下去？还有天虹呢？她要怎么办？"

雨凤被问住了，正在寻思，雨鹃冲开了房门，直奔进来，往云飞面前一站，坚决而果断地说：

"慕白！你不要三心二意，优柔寡断！我知道，当我们要告展家的时候，你身体里那股展家的血液，就又冒出来了！自从我爹死后，我也经历过许许多多事情，我也承认爱比恨幸福！可是，展夜枭坏得不可思议，不可原谅！如果今天我们必须杀他，才能报仇，我就同意放手了！现在，我们不必杀他，不必跟他拼命，而是绳之以法，你实在没有道理反对！如果你真的爱雨凤，不要勉强她做圣人！姑息一个坏蛋，就是作践自己！因为你实在不知道，他还会不会再来欺负我们！"

云飞看着坚决的雨鹃，心里愁肠百结，忧心忡忡，他抬眼看了看跟着雨鹃进门的阿超。

阿超和云飞眼光一接触，已经心领神会，就慌忙对雨鹃说：

"雨鹃，我们先不要这么快做决定！大家都冷静一点，想一想！"

雨鹃掉头对阿超一凶：

"还想什么想？你下不了手杀他，我们一大群人，一次又一次被他整得遍体鳞伤，拿他就是无可奈何！现在，这么好的机会，我们再放掉，以后被欺负了，就是自作自受！"

"我发誓，不会让你们再被欺负！"阿超说。

雨鹃瞪着阿超，大声说：

"你的意思是，不要告他了？"

"我的意思是，大家研究研究再说！"

雨鹃再掉头看云飞，逼问：

"你的意思呢？告，还是不告？"

云飞叹了口气：

"你已经知道了，当这个时候，我展家的血液就冒出来了！"

雨鹃气坏了，掉头再看雨凤：

"雨凤，你呢？你怎么说？"

雨凤不说话，只是看云飞。

雨鹃一气，用双手抱住头，大喊：

"你们会把我弄疯掉！这种妇人之仁，毫无道理！雨凤，你不告，我带着小三小四小五告！你不能剥夺掉弟妹报仇的机会！"她看着云飞和雨凤，越想越气，大声说："雨凤，什么苏慕白，不要自欺欺人，你还是嫁进展家了！再见！展先生，展太太！"说完，她转身就冲出门去了。

雨凤大震，立刻喊着，追出门去：

"雨鹃！不要这样子！你不要生气！雨鹃……雨鹃……"

阿超跟着追出去，喊着：

"雨鹃！大家好好研究呀！不要跑呀……"

云飞见大家转瞬间都跑了，心里一急，身不由己，也跟着追出门去。

雨鹃奔进院子，跳上一辆脚踏车，打开大门，就往外面飞快地骑去。雨凤看到她骑车走了,急忙也跳上一辆脚踏车,飞快地追了上去。

小三、小五跑出来,惊奇地大叫:

"大姊!二姊!你们去哪里?"

雨鹃充耳不闻,一口气骑到公园里,来到湖边。雨凤已经追了过来,不住口地喊:

"不要这样!我们好好谈嘛!"

雨鹃跳下脚踏车,把车子往树下一推。雨凤也停了下来。姊妹俩站在湖边,雨鹃就气呼呼地说:

"我早就跟你说,不管他改不改名字,不管他和家里断不断绝关系,他就是展家人,逃都逃不掉!你不信!你看,现在你嫁了他,自己的立场也没有了!郑老板这样用尽心机,筹划那么久,部署那么久,才想出这么好的办法,结果,我们自己要打退堂鼓,这算什么嘛?"

"我并没有说我不告呀!只是说,大家再想想清楚!"

"这么单纯的问题,有什么好想?"

两人正谈着,阿超骑着家里仅剩的一辆脚踏车,车上,载着云飞、小三、小五三个人,像表演特技一样,丁零丁零地赶来了。阿超骑得气喘吁吁,小三小五以为又是什么新鲜游戏,乐得嘻嘻哈哈。大家追上了两姊妹,跳下车。阿超不住挥汗,喊:

"哇!要累死我!你们姊妹两个,以后只许用一辆车,留两辆给我们!要生气跑出门,最好用脚跑,免得我们追不上,大家下不了台!"

小三和小五莫名其妙地看着大家。

"你们不是出来玩呀!"小三问。

雨鹃把小三一拉,大声问:

"小三!你说,你还要不要报杀父之仇?如果有办法把那个展夜枭关进牢里去,我们要不要关他?"

"当然要啦!他关进牢里,我们就再也不用害怕了!"小三叫着。

"小五!你说呢?要不要把那个魔鬼关起来?"

"要要要!"小五拼命点头。

云飞皱了皱眉头,上前一步,看着雨鹃,诚恳地说:

"雨鹃,你不用表决,我知道,你们的心念和意志有多么坚定!今天,是我一票对你们六票,连阿超,我知道他也站在你们那边,主张让那个夜枭受到应有的惩罚!我今天的'不忍',确实毫无理智!甚至,是对不起你们姊弟五个的!所以,我并不坚持,如果你们都主张告,那就告吧!不要生气了,就这么办吧!"

雨鹃不说话了。

雨凤仔细地看他,问:

"可是,你会很痛苦,是不是?"

云飞悲哀地回答:

"我现在知道了,我注定是要痛苦的!告,我想到展家要面对的种种问题,我会痛苦!不告,你们会恨我,我更痛苦!我已经在展家和你们之间做了一个选择,就选择到底吧!"

"可是,如果你很痛苦,我也会很痛苦!"雨凤呆呆地说。

云飞对她嫩然地苦笑:

"似乎你也无可奈何了!已经嫁了我,承受双边的痛苦,就成了必经之路!"

雨鹃听着看着,又气起来:

"你们不要这样'痛苦'好不好?我们要做的,是一件大快人心的事呀!大家应该很起劲、很团结、很开心地去做才对!"

阿超拍拍雨鹃的肩,说:

"你的立场一定是这样,可是,大少爷……"

阿超话没说完,雨鹃就迁怒地对他大喊出声:

"就是这三个字,大少爷!"她指着云飞:"阿超忘不了你是他的大少爷,对于你只有服从!你自己也忘不掉你是展家的大少爷,还想维护那个家庭的荣誉和声望!问题就出在这三个字上面:'大少爷'!"

阿超看到雨鹃那么凶,又堵他的口,又骂云飞,他受不了这个!难得生气的他,突然大怒了,对雨鹃吼着说:

"我笨!嘴老是改不过来,你也犯不着抓住我的语病,就大做文章!我以为你这个凶巴巴的毛病已经改好了,结果还是这样!你这么凶,大家怎么过日子?"

雨鹃这一下气更大了,对阿超跳着脚喊:

"我就是这么凶,改不了,你要怎么样?还没结婚!你还来得及后悔!"

雨凤急忙插进来喊:

"怎么回事嘛！大家讨论问题，你们两个怎么吵起来了？还说得这么严重！雨鹃，你就是太容易激动，你不要这样嘛！"

雨鹃恨恨地对雨凤说：

"你不知道，阿超心里，他的'大少爷'永远放在第一位，我放在第二位！如果有一天，他的大少爷要杀我，他大概忠心耿耿地把我杀了！"

阿超气坏了，涨红了脸喊：

"你说的什么鬼话？这样没有默契，还结什么婚！"

雨鹃眼圈一红，跳脚喊：

"你说的！好极了，算我瞎了眼认错人，不结就不结，难道我还会求你娶我吗？"

小五帮着阿超，推了雨鹃一下：

"二姊！你'不可以'骂阿超大哥！他是我们大家的'阿超大哥'，你再骂他，我就不理你了！"

雨鹃更气，对小五吼：

"我看，让他等你长大，娶你好了！"

云飞见二人闹得不可收拾，急忙喊："雨鹃，阿超！你们不要再吵了！这些日子以来，我们生活在一起，团聚在一起，我们七个人，已经是一个密不可分的家庭了！我从一个'分裂'的、'仇恨'的家庭里，走到这个'团结'的、'相爱'的家庭里，对这种'家'的感觉，对这种团结和相爱的感觉，珍惜到了极点！现在，最重要的，是我们不能'分裂'！不管为了什么，我们都不可以恶言相向！不可以让我们的感情，受到丝毫伤害！大家讲和吧！"云飞说着，就一手拉住阿超，一手拉住雨鹃。

"对不起!让你们发生这么大的误会,都是我的错!"他看着雨鹃,"我已经投降了,你也不要把对我的气,迁怒到阿超头上去吧!好不好?"

雨鹃不说话,仍然气呼呼。阿超的脸色也不好。

雨凤过来,抓住雨鹃的手:

"好了好了!雨鹃,你不要再生气了!如果你再气下去,我们大家今天晚上又惨了,一定整晚要听那个劈柴的声音!后院的柴,已经快堆不下了!"

雨凤这句话一出口,雨鹃忍不住扑哧一笑。

阿超瞪她一眼,也讪讪地笑了。

小三终于透了一口气,欢喜地叫:

"好啦!都笑了!二姊不生气,阿超也不用劈柴了!我们大家,也可以回家了吧?"

四个大人,都笑了。但是,每个人的笑容,都有些勉强。

那天晚上,雨鹃心神不宁,一个人在房间里走来走去。对于下午和阿超的一场吵架,心里实在有点后悔,可是,从小她就脾气刚烈,受不了一点委屈。现在,要她去和阿超低声下气,她也做不出来。正在懊恼中,房门一开,阿超推门进来,她回头看到他,心里有些七上八下。

阿超把房门合上,背靠在门上,看着她,正色地说:

"我们应该谈谈清楚!"

"你说!"

"今天在公园里，我们都说了一些很严重的话。这些话如果不谈清楚，以后我们的婚姻一定有问题！我宁愿要痛，让我痛一次，不愿意将来要痛好多次！"

雨鹃凝视他，默然不语。

"从我们认识那天开始，你就知道我的身份，是你让我排除了我的自卑，来接受这份感情，但是，我对……"他好用力才说出那个别扭的称呼，"慕白的忠心，是我的一种本能和习惯，其中，还有对他的崇拜在内。我认为，这种感情和我对你的感情，没有冲突，你今天实在不应该把它们混在一起，一棍子打下来，又打我又打他，这是不对的！你会伤了我的感情，也伤了慕白！这是第一点！"

雨鹃一惊，憋着气说：

"你还有第二点、第三点吗？"

"是！"

"请说！"

"你的这个脾气，说发作就发作，动不动就说一些不该出口的话，实在太过分了！你知道吗？话说出来是收不回去的！就像不要结婚这种话！"

"难道你没有说吗？"她忍耐地问。

"那是被你气的！"

"好！这是第二点，那么，第三点呢？"

阿超就板着脸，一字一字地说：

"现在，还没有结婚，你要后悔，真的还来得及！"

雨鹃心里一痛，整个人都傻住了。

"第四点……"

她重重地吸了一口气:

"还有第四点?"

他郑重地点点头,眼睛炯炯地看着她:

"是!第四点只有三个字,就是我说不出口的那三个字!"

她的心,怦咚怦咚地跳着,两眼紧紧地盯着他看:

"你说完了?"

"是!"

她板着脸说:

"好吧!我会考虑考虑,再答复你,看我们还要不要结婚!"

他的眼神中闪过了一抹痛楚,点点头,转身要出门去。

她立即飞快地奔过来,拦住门,喊:

"你敢走!全世界都没人敢跟我说这么严重的话!以前,连我爹都要让我三分!你难道就不能对我甜一点,让我一点?我就是脾气坏嘛,就是改不好嘛!以后,我的脾气一定还是很坏,那你要怎么办嘛?我看你也好不到哪里去,我吼你也吼,我叫你也叫,还没结婚,先给我上课!你就那么有把握,我不会被你气走?"

他屏住呼吸,凝视她的眼睛,冲口而出:

"我哪有把握,心都快从喉咙口跳出来了!"

"那你不能不说吗?"

"忍不住,不能不说!"

她的脑袋往后一仰,在房门上撞得砰地一响,大叫:

"我就知道，我好苦命啊！哎哟！"头撞痛了，她抱住脑袋直跳。

阿超一急，慌忙去看，抱住她的头，又揉又吹：

"怎么回事？说说话，脑袋也会撞到？"

她用力一挣：

"不要你来心痛！"

"来不及了！已经心痛了！"

她睁大眼睛瞪着他，大叫：

"我总有一天会被你气死！"接着，就大大一叹："算了！为了你那个第四点，我只好什么都忍了！"想想，眼圈一红："可是……"

阿超把她的头，用力往胸口一压，她那声"可是"就堵回去了。他柔声地说：

"不要说'可是'了！好好地嫁我就对了！不过……我的第五点还没说！"

她吓了好大一跳，推开他，惊喊：

"哦？还有第五点，你是存心考验我还是怎么的？不要欺人太甚啊！"

他一脸的严肃，诚恳地说：

"第五点是……关于我们告还是不告，大家先仔细地分析分析，不要那么快回答郑老板！这里面，还有一个真正苦命的人，我们不能不帮她想一想，就是天虹！"

雨鹃怔住了，眼前立刻浮起天虹那张楚楚可怜的脸庞，和那对哀哀切切的眼睛，她不禁深思起来，无言以答了。

天虹确实很苦命。雨凤和雨鹃,都已经苦尽甘来,但是,天虹却深陷在她的悲剧里,完全无法自拔。当萧家正为要不要告云翔而挣扎时,她正寻寻觅觅,在天上人间,找寻她失落的孩子和失落的世界。

　　这天,她又发病了。手里握着一顶刚完工的虎头帽,她急急地从屋里跑出来,满院子东张西望。纪总管和天尧追在后面喊:

"天虹!天虹!你要到哪里去?"

她站住了,回头看着父亲,神思恍惚地说:

"我要去找云飞!"

纪总管大惊,慌忙拦住:

"你不可以去找云飞!"

她哀恳地看着纪总管,急切地说:

"可是,我有好多话要告诉云飞,他说我是破茧而出的蝴蝶,他错了!我的茧已经越结越厚,我出不去了!只有他才能救我!爹,你们不要囚禁我,我已经被囚禁好久好久了,你让我去找云飞吧!"

　　纪总管听得心中酸楚,看她说得头头是道,有些迷糊,问:

"天虹,你到底是清楚还是不清楚?你真的要去找云飞吗?为什么?"

天虹迷惘地一笑:

"因为他要吃菱角,我剥好了,给他送去!"

纪总管和天尧对看,都抽了一口冷气。天尧说:

"爹!拉她进去吧!"

父子二人,就过来拉她。她被二人一拉,就激烈地挣扎起来:

"不要!不要!不要拉我!放开我呀!为什么要这样对我呢?为什么不让我出门呢?"她哀求地看着父亲,心碎地说:"爹!云飞走的时候,我答应过云飞,我会等他一辈子,结果我没等,我依你的意思,嫁给云翔了!"

纪总管心里一痛,凄然地说:

"爹错了!爹错了!你饶了爹吧!快跟爹进去!"就拼命去拉她。

天虹叫了起来:

"不!不!不!放开我呀……放开我呀……"

三个人正拉拉扯扯中,云翔过来了,看到这个状况,就不解地问:

"你们在干什么?"

纪总管见到云翔,手下一松,天虹就挣开了,她抬起头来,看到云翔,顿时怒发如狂,大叫:

"你不要碰我!你不要过来!"

云翔又是惊愕,又是愤怒,对着她喊:

"我才不要碰你呢!我又不是来找你的!我来找你爹和你哥,你别弄不清楚状况,还在这儿神气!"

天尧生气地喊:

"你不要说了,她现在脑筋不清楚,你还在这儿刺激她!"

"什么脑筋不清楚,我看她清楚得很,骂起人来头头是道!"云翔说着,就对天虹大吼,"我赶不上云飞的一根寒毛,是不是?"

她被这声大吼吓住了,浑身发抖,用手急急地护着肚子,哀声喊:

"请你不要伤到孩子!我求求你!"

"你在搞什么鬼?"云翔更大声地吼。

她一吓,拔脚就逃,没命地往大门外飞奔,嘴里惨叫着:"谁来救我啊……云翔要杀我的孩子啊!谁来救我啊……"

天尧和纪总管拔脚就追,云翔错愕地拦住,喊:

"这是干什么?装疯卖傻吗?"

天尧忍无可忍,一拳打在他下巴上,云翔措手不及,被打得跌倒在地。

这样一耽搁,天虹已夺门而去。纪总管急喊:

"天尧!不要管云翔了,快去追天虹啊!"

天虹也不知道哪儿来的力气,跑得飞快,转眼间,已经跑出大门,在街上没命地狂奔。一路上惊动了路人,躲避的躲避,观看的观看。

天尧、纪总管、老罗、云翔……都陆续追了出来。天尧大喊:

"天虹!你快回来,你要去哪里,我们驾车送你去!"

纪总管跑得气喘吁吁,满头大汗,喊着:

"天虹!你别折腾你爹了!天虹……"

云翔惊愕地看着急跑的天虹,觉得丢脸已极,在后面大吼大叫：

"天虹！你这样满街跑，成何体统？还不给我马上滚回来！"

天虹回头，见云翔追来，就魂飞魄散了，哭着喊：

"让我保住孩子！求求你不要伤害我的孩子……"

"什么孩子？你已经没有孩子了！"云翔怒喊。

"不不不！不……不……"她大受刺激，狂叫，狂奔。

她奔到一个路口，斜刺里忽然蹿出一辆马车。车夫突然看到有人奔来，大惊，急忙勒马。但是，已经闪避不及，车门钩到天虹的衣服，她就倒下地。马儿受惊，一声狂嘶，人立而起，双蹄一踹，正好踢在她的胸口。

天尧奔来，只见她一松手，婴儿帽滚落地，随风飞去。

"天虹！"天尧惨叫，扑跪落地。

天虹的脸色，白得像纸，唇角，溢出一丝血迹。天尧吓得魂飞魄散，抱起她。

纪总管、老罗、云翔、车夫、路人都围了过来。

天虹睁开眼睛，看到好多人围着自己，看到惶急的天尧，又看到焦灼的纪总管，神志忽然清醒过来。她困惑地、害怕地、怯怯地说：

"爹，怎么回事？我是不是闯祸了？对不起！"

纪总管的泪，泉涌而出，悲痛欲绝地说：

"孩子，该我说对不起！太多太多个对不起！我们快回去请大夫！你会好的，等你好了，我们重新开始，重新来过……"

天尧抱着天虹，往家里疾走。

云翔直到这时，才受到极大的震撼。他呆站在街头，一时之间，不知道自己身之何在，眼前，只有天虹那张惨白惨白的脸。他感到血液凝结了，思想停顿了，他挺立在那儿，动也不能动。

接着，展家又是一阵忙乱。所有的人，都赶到了天虹身边。只有云翔没有去，他把自己关在卧房里，独自缩在墙角，痛苦得不得了。

大家围绕在天虹床前，看着大夫紧张地诊视。半晌，大夫站起身，祖望、纪总管、天尧都跟着出房，天尧急急地说：

"大夫，这边请，笔墨都准备好了，请赶快开方子！"

大夫面容凝重地看着祖望和纪总管，沉痛地说：

"我很抱歉！不用开方子了。药，救得了病，救不了命。您接受事实吧！她的胸骨已经碎了，内脏破裂……怎样都熬不过今天了！"

纪总管、天尧、祖望全体大震。纪总管一个踉跄，身子摇摇欲坠。

祖望急忙扶住他，痛喊着：

"亲家！冷静一点！"

"如果送到圣心医院，找外国大夫，有没有用？"天尧喊。

"我想，什么大夫都没用了！而且，她现在不能搬动，只要一动，就马上会过去了！你们还是把握时间，跟她话别吧！"大夫诚挚而同情地说。

纪总管站立不住，跌坐在一张椅子里。这时，小莲急急来报：

"纪总管，二少奶奶说，要跟您说一句话！"

纪总管仓皇站起，跌跌冲冲地奔进天虹的卧室，只见她脸色惨白，气若游丝，奄奄一息地躺在床上。那双长得玲珑剔透的大眼睛，仍然闪耀着对人世的依恋和热盼。梦娴、齐妈、品慧、锦绣等人围绕床前，人人神态悲切。看到纪总管走来，大家就默默地让开了身子，让他们父女话别。

纪总管俯身看着天虹。这时的天虹，大概是回光返照，显得神志清明，眼光热切。她在父亲耳边低声说：

"爹，让我见一见云飞，好不好？"

纪总管心中一抽，说不出来有多痛。可怜的天虹，可怜的女儿啊！他知道时间不多，握了握她的手，含泪急说：

"你等着！爹去安排！"

纪总管反身冲出房，冲到祖望面前，扑通一声跪落地。

"亲家！你这是做什么？快起来！"祖望大惊。

纪总管跪着，泪落如雨，说：

"我要去把云飞接过来，和她见最后一面！请你成全！"说完，就磕下头去。

祖望眼眶一湿，伸手去扶：

"我知道了，我会把云翔绊住！你……争取时间，快去吧！"

27

纪总管驾着马车，飞驰到塘口。

他拼命地打门，来开门的正是云飞。纪总管一见到他，就双膝一软，跪了下去，老泪纵横了：

"云飞，天虹快死了，请你去见她最后一面！"

"什么叫作天虹快死了？她怎么会快死了？"云飞惊喊。

阿超、雨凤、雨鹃、小三、小五全都跑到门口来，震惊地听着看着。

纪总管满面憔悴，泪落如雨，急促地说：

"云飞，她想见你。这是她最后的要求，你就成全她吧！马车在门口等着，我……对你，有诸多对不起……请你看在天虹分上，不要计较，去见她最后一面！我谢谢你了！这是我唯一能为她做的事……再不去，可能就晚了！"

云飞太震惊了，完全不能相信。他瞪着纪总管发呆，神思恍惚。

雨凤急忙推着云飞：

"你不要发呆了！快去呀！"

阿超在巨大的震惊中，还维持一些理智：

"这恰当吗？云翔会怎样？老爷会怎样？"

"我已经跟老爷说好了，他和慧姨娘、云翔都不过来，天虹床边，只有太太和齐妈！"纪总管急急地，低声下气地说。

"老爷同意这样做？"阿超怀疑，"是真的吗？不会把我们骗回去吧？"

纪总管一急，对着云飞，磕下头去：

"我会拿天虹的命来开玩笑吗？我知道我做了很多让你们无法信任的事，但是，如果不是最后关头，我也不会来这一趟了！我求你了……我给你磕头了……"

云飞听到天虹生命垂危，已经心碎，再看纪总管这样，更是心如刀绞。他抓住纪总管的胳臂，就一迭连声说：

"我跟你去！我马上去！你快起来！"

雨鹃当机立断，说：

"阿超，你还是跟了去！"

云飞和阿超，就急急忙忙地上了马车。

云飞赶到纪家，天虹躺在床上，仅有一息尚存。梦娴、齐妈、天尧围在旁边落泪。大家一见到云飞，就急忙站起身来。梦娴过去握了握他的手，流泪说：

"她留着一口气，就为了见你一面！"

云飞扑到床前，一眼看到濒死的天虹，脸上已经毫无血色，眼睛合着，呼吸困难。他这才知道，她真的已到最后关头,心都碎了。

梦娴就对大家说:

"我们到门口去守着,让他们两个单独谈谈吧!"

大家就悲戚地、悄悄地退出房去。

云飞在天虹床前坐下,凝视着她,悲切地喊:

"天虹!我来了!"

天虹听到他的声音,就努力地睁开眼睛,看到了他,惊喜交集。她抬了抬手,又无力地垂下,双眼痴痴地看着他,似乎只有这对眸子,还凝聚着对人生最后的依恋。她微笑起来:

"云飞,你肯来这一趟,我死而无憾了。"

云飞一句话都说不出来,泪水立即夺眶而出。

天虹看到他落泪,十分震动。

"好抱歉,要让你哭。"她低声地说。

他情绪激动,不能自已。她衰弱已极地低语:

"原谅我!我答应过你,要勇敢地活着,我失信了……我先走了!"

他心痛如绞,盯着她,哑声地说:

"我不原谅你!我们还有好多事情没有做,你怎么可以先走?"

她虚弱地笑着:

"对不起!我有好多承诺,自己都做不到!那天,还和雨凤有一个约会,现在,也要失约了!"

他的热泪,夺眶而出。情绪奔腾,激动不已。许多往事,现在像电光石火般从他眼前闪过。那个等了他许多年的女孩！那个一直追随在他身后的女孩！那个为了留在展家，只好嫁进展家的女孩！那个欠了展家的债，最后，要用生命来还的女孩！

"是我对不起你，当初，不该那么任性，离家四年。如果我不走，一切都不会这样了。想到你所有的痛苦和灾难，都因我而起，我好难过。"

她依然微笑，凝视着他：

"不要难过，上苍为雨凤保留了你！你身边的女子，都是过客，最后，像万流归宗，汇成唯一的一股，就是雨凤！"

这句话，让云飞震动到了极点。他深深地，悲切地看着她。

她抬抬手，想做什么，却力不从心，手无力地抬起，又无力地落下。他急忙问：

"你要做什么？"

"我……我脖子上有根项链，我要……我要取下来！"

"我来取！你别动！"

云飞就小心翼翼地扶着她的头，取下项链，再扶她躺好。他低头一看，取下来的是一条朴素的金项链，下面坠着一个简单的、小小的金鸡心。他有些困惑，只觉得这样东西似曾相识。

"这是……我十二岁那年，你送我的生日礼物，你说……东西是从自己家的银楼里挑的，没什么了不起。可是……我好喜欢。从此……就没有摘下来过……"

他听着，握着项链的手不禁颤抖。从不知道，这条项链，她竟贴身戴了这么多年。

她的力气已快用尽，看着他，努力地说：

"帮我……帮我把它送给雨凤！"

他拼命点头，把项链郑重地收进怀里，泪眼看她。她挣扎地说：

"云飞……请你握住我的手！"

他急忙握住她，发现那双手在逐渐冷去。她低低地说：

"我走了！你和雨凤……珍重！"

他大震，心慌意乱，急喊：

"天虹！天虹！天虹……请不要走！请不要走……"

纪总管、天尧、梦娴、齐妈、阿超听到喊声，大家一拥而入。

天虹睁大眼睛，眼光十分不舍地扫过大家，终于眼睛一闭，头一歪，死了。

云飞泪不可止，把天虹的双手，合在她的胸前，哽咽地说：

"她去了！"

纪总管急扑过去，大恸。泪水疯狂般地涌出，他痛喊出声：

"天虹！天虹！爹还有话，没跟你说，你再睁开眼看看，爹对不起你呀！爹要告诉你……要告诉你……爹一错再错，误了你一生……你原谅爹，你原谅爹……"他扑倒在天虹身上，说不下去，放声痛哭了。

梦娴落着泪，不忍看天虹，扑在齐妈身上。

"她还那么年轻……我以为，我会走在大家的前面……怎么天虹会走在我前面呢？她出世那天，还和昨天一样，你记得吗？"

齐妈哭着点头：

"是我和产婆，把她接来的，没想到，我还要送她走！"

大家泪如雨下，相拥而泣。

云飞受不了了，他站了起来，把位子让给纪总管和天尧，踉跄地奔出门去。他到了门外，扑跌在一块假山石上，摸索着坐下，用手支着额，忍声地啜泣。

阿超走来，用手握住他的肩，眼眶红着，哑声地说：

"她走了也好，活着，什么快乐都没有，整天在拳头底下过日子，担惊害怕的……死了，也是一种解脱！"

他点头，却泪不可止。

阿超也心痛如绞，知道此时此刻，没有言语可以安慰他，甚至没有言语可以安慰自己，只能默默地看着他，陪着他。

就在这时，云翔大步冲进来，祖望和品慧，拼命想拦住他。祖望喊着：

"你不要过去！让他们一家三口，安安静静地道别吧！"

云翔眼睛血红，脸色苍白，激动地喊：

"为什么不让我看天虹？她好歹是我的老婆呀……我也要跟她告别呀！我没想到她会死，她怎么会死呢？你们一定骗我……一定骗我……"

云飞从假山石上，直跳起来，狠狠地想隐藏住泪。

阿超一个震动，立即严阵以待。

云翔一见到云飞,整个人都震住了。

祖望盯着云飞,默然无语。品慧也呆呆地站着。

两路人马互峙着,彼此对看,有片刻无言。

终于,云飞长叹,拭了拭泪,低低地,不知道是要说给谁听:

"天虹……刚刚过世了!"

祖望、品慧大大一震。而云翔,惊得一个踉跄,心中立刻涌起巨大的痛,和巨大的震动。他盯着云飞,好半天都无法思想,接着,就大受刺激地爆发了:"你怎么在这儿?我老婆过世,居然要你来通知我?"

他掉头看祖望和品慧,不可思议地说:"你们大家拦着我,不让我过来,原来就是要掩护云飞和天虹话别!"他对云飞一头冲去:"你这个混蛋!你这个狗东西!你把我当成什么了?你不是发誓不进展家大门吗?为什么天虹临死,在她床边的是你,不是我!"他在剧痛钻心下,快要疯狂了:"你们这一对奸夫淫妇!你们欺人太甚了!"

阿超怒不可遏,看到云翔恶狠狠地扑来,立刻挡在云飞前面,一把就抓住了云翔胸前的衣服,把他用力地往假山上一压,怒吼着:

"你已经把天虹逼死了,害死了,你还不够吗?天虹还没冷呢,你就这样侮辱她,你嘴里再说一个不干不净的字,我绝对让你终身不能说话!"

品慧大叫:"阿超!你放手!"

回头急喊:"老爷子!你快管一管呀!"

祖望还来不及说什么,云飞已经红着眼,对云翔愤怒地、痛楚地、哑声地吼了起来:

"展云翔!让我清清楚楚地告诉你,我和天虹之间,干干净净!我如果早知道天虹会被你折磨至死,我应该给你几百顶绿帽子,我应该什么道德伦理都不顾,让天虹不至于走得这么冤枉!可惜我没想到,没料到你可以坏到这个地步!对,天虹爱了我一生!可是,她告诉过我,当她嫁给你的时候,她已经决心忘了我!是你不许她忘!她那么善良,只要你对她稍微好一点,她会感激涕零,会死心塌地地待你!可是,你就是想尽办法折磨她,一天到晚怀疑自己戴绿帽子!用完全不存在的罪名,去一刀一刀地杀死她!你好残忍!你好恶毒!"

云翔被压得不能动,踢着脚大骂:

"你还有话可说!如果你跟她干干净净,现在,你跑来做什么?我老婆过世,要你来掉眼泪……"

阿超胳臂往上一抬,胳臂肘抵住云翔的下巴,把他的头抵在假山上,吼着:

"你再说,你再说我就帮天虹小姐报仇!帮我们每一个人报仇!你身上有多少血债,你自己心里有数!"

祖望忍不住,一迈上前,悲哀已极地看着两个儿子:

"云飞,你放手吧!该说的话你也说了,该送的人,你也送了!家里有人去世,正在伤痛的时刻,我没办法再来面对你们两个的仇恨了!"

云飞看了祖望一眼,恨极地说:

"今天天虹死了,我不是只有伤心,我是恨到极点!恨这样一个美好的、年轻的生命,会这样无辜地被剥夺掉!"他盯着云翔:"你怎么忍心?不念着她是你的妻子,不念着她肚子里有你的孩子,就算回忆一下我们的童年,大家怎样一起走过,想想她曾经是我们一群男孩的小妹妹!你竟然让她这样莫名其妙地死去了?"他定定地看着他,沉痛已极:"你逼走了我,逼死了天虹,连你身边的人,都一个个离你远去!现在,你认为纪叔和天尧,对你不恨之入骨吗?还能忠心耿耿对你吗?你已经众叛亲离了,你还不清不楚!难道,你真要弄到进监牢,用你十年或二十年的时间来后悔,才满意吗?"

云翔挣脱了阿超,跳脚大骂:

"监牢!什么监牢!我就知道上次是你把我弄进牢里去的!你这个不仁不义的混蛋……"

云飞摇头,心灰意冷,对阿超说:

"放开他!我对他已经无话可说了!"

阿超把云翔用力一推,放手。

云翔踉跄了几步才站稳,怒视着云飞,一时之间,竟被云飞那种悲壮的气势压制住,说不出话来。

云飞这才回头看着祖望,伤痛已极地说:

"爹!'一叶落而知秋',现在,落叶已经飘了满地,你还不收拾残局吗?要走到怎样一个地步,才算是'家破人亡'呢?"

祖望被云飞这几句话,惊得一退。

云飞回头看阿超,两人很有默契地一点头,就双双大踏步而去。

祖望呆呆地站着,心碎神伤。一阵风过,草木萧萧。身旁的大树,落叶飘坠,他低头一看,但见满地落叶,随风飞舞。他不禁浑身惊颤,冷汗涔涔了。

云飞回到家里,心中的痛,像海浪般卷了过来,简直不能遏止。他进了房间,跌坐在桌前的椅子里,用手支着额头。

雨凤奔过来,把他的头紧紧一抱,哑声地说:

"如果你想哭,你就哭吧!在我面前,你不用隐藏你的感情!"说着,自己的泪水,忍不住落下:"没想到,我跟天虹,只有一面之缘!"

云飞抱住她,把面孔埋在她的裙褶里。片刻,他轻轻推开她,从口袋里掏出那条项链:

"这是天虹要我转送给你的!"

雨凤惊奇地看着项链。

"很普通的一条项链,刚刚从她脖子上解下来。她说,是她十二岁那年,我送给她的!"他凝视雨凤,痛心地说,"你知道吗?当她要求我把链子解下来,我看着链子,几乎没有什么印象,记不得是哪年哪月送给她的,她却戴到现在!她……"他说不下去了。

雨凤珍惜地握住项链,震动极了,满怀感动:

"这么深刻的感情!太让我震撼了!现在,我才了解她那天为什么要和我单独谈话!好像她已经预知自己要走了,竟然把你'托付'给我,当时,我觉得她对我讲那些话,有些奇怪，可是，她让我好感动。如今想来，她是要走得安心，走得放心！"她紧紧地握住他的手："我们让她安心吧！让她放心吧！好不好？"

他点头，哽咽难言。半晌，才说：

"那条链子，你收起来吧，不要戴了。"

"为什么不要戴？我要戴着，也戴到我咽气那天！"

云飞一个寒颤，雨凤慌忙抱紧他，急切地喊：

"那是六十年以后的事情！我们两个，会长命百岁，你放心吧！"她把链子交给云飞，蹲下身子，拉开衣领："来！你帮我戴上，让我代替她，戴一辈子！也代替她，爱你一辈子！"

他用颤抖的手，为她戴上项链。

她仰头看着他，热烈地喊：

"我会把她的爱，映华的爱，通通延续下去！她们死了，而我活着！我相信，她们都会希望我能代替她们来陪伴你！我把她们的爱，和我的爱全部合并在一起，给你！请你也把你欠下的债，汇合起来还给我吧！别伤心了，走的人，虽然走了，可是，我却近在眼前啊！"

云飞不禁喃喃地重复着天虹的话：

"像万流归宗，汇成唯一的一股，就是雨凤！"

"你说什么？"

他把她紧紧抱住：

"不要管我说什么，陪着我！永远！"

她虔诚地接口：

"是!永远永远!"

十天后,天虹下葬了。

天虹入了土,云翔在无数失眠的长夜里,也有数不清的悔恨。天虹,真的是他心中最大的痛。她怎么会死了呢?她这一死,他什么机会都没有了!她带着对他的恨去死,带着对云飞的爱去死,他连再赢得她的机会都没有了!他说不出自己的感觉,只感到深深的、深深的绝望。这种绝望压迫着他,让他夜夜无眠,感到自己已经被云飞彻底打败了。

但是,日子还是要过下去。这天,祖望和品慧带着他,来向纪总管道歉。

他对纪总管深深一揖,说的倒是肺腑之言:

"纪叔,天尧,我知道我有千错万错,错得离谱,错得混账,错得不可原谅!这些日子,我也天天在后悔,天天在自己骂自己!可是,大错已经造成,连弥补的机会都没有,我的日子,也好痛苦!每天对着天虹睡过的床,看着她用过的东西,想着她的好,我真的好痛苦!如果我能重来一遍,我一定不会让这些事情发生!可是,我就没办法重来一遍!没办法让已经发生的事消失掉!不骗你们,我真的好痛苦呀!你们不要再不理我了,原谅我吧!"

纪总管脸色冷冰冰,已经心如止水,无动于衷。

天尧也是阴沉沉的,一语不发。

祖望忍不住接口:

"亲家,云翔是真的忏悔了!造成这样大的遗憾,我对你们父子,也有说不出来的抱歉。现在,天虹已经去了,再也无法回来,以后,你就把云翔当成你的儿子,让他代天虹为你尽孝!好不好呢?"

纪总管这才抬起头来,冷冷地开了口:

"不敢当!我没有那个福气,也没有那个胆子,敢要云翔做儿子,你还是留给自己吧!"

祖望被这个硬钉子,撞得一头包。品慧站在一旁,忍无可忍地插口了:

"我说,纪总管呀!你再怎么生气,也不能打笑脸人呀!云翔是诚心诚意来跟你认错,我和老爷子也是诚心诚意来跟你道歉!总之,大家是三十几年的交情,你等于是咱们展家的人,看在祖望的分上,你也不能再生气了吧!日子还是要过,你这个'总管'还是要做下去,对不对?"

纪总管听到品慧这种语气,气得脸色发白,还没说话,天尧已经按捺不住,愤愤地,大声地说:

"展家的这碗饭,我们纪家吃到家破人亡的地步,还敢再吃吗?天虹不是一样东西,弄丢了就丢了,弄坏了就坏了!她是一个活生生的人呀!今天,你们来说一声道歉,说一声你们有多痛苦多痛苦……你们根本不知道什么叫痛苦,什么叫后悔!尤其是云翔!如果他会后悔,他根本就不会走到这一步!痛苦的是我们,后悔的是我们,当初,把天虹卖掉,也比嫁给云翔好!"

云翔一抬头,再也沉不住气,对天尧吼了起来:

"你这是什么态度?我今天来道歉,已经很够意思了,你们不要敬酒不吃吃罚酒！天虹是自己跑出去，被马车撞死的，又不是我杀死的！你们要怪，也只能怪那个马车夫！再说，天虹自己，难道是完美无缺的吗？我真的'娶到'一个完整的老婆吗？她对我是完全忠实的吗？她心里没有别人吗？我不痛苦？我怎么不痛苦，我娶了天虹，只是娶了她的躯壳，她的心，早就嫁给别人了！直到她弥留的时刻，她见的是那个人，不是我！你们以为这滋味好受吗？"

纪总管接口：

"看样子，受委屈的人是你，该道歉的人是我们！天虹已经死了，再来讨论这些还有什么意义呢？你请回吧！我们没有资格接受你的道歉，也没有心情听你的痛苦！"

品慧生气了，大声说：

"我说，纪总管呀，你不要说得这么硬，大家难道以后不见面，不来往吗？你们父子两个，好歹还拿展家……"

祖望急忙往前一步，拦住了品慧的话，赔笑地对纪总管说：

"亲家，你今天心情还是那么坏，我叫云翔回去，改天再来跟你请罪！总之，千错万错，都是云翔的错！你看我的面子，多多包涵了！"

云翔一肚子的绝望，全体爆发了，喊着：

"爹！该说的我都说了，不该说的我也说了，他们还是又臭又硬，我受够了！为什么千错万错，都是我错？难道天虹一点错都没有……"

祖望抓住云翔的胳臂，就往外拉，对他大声一吼：

"混账!你什么时候才能醒悟?什么时候才能长大?你给我滚回家去吧!"

他拉着云翔就走,品慧瞪了纪总管一眼,匆匆跟去。

三个人心情恶劣地从纪家院落,走到展家院落。品慧一路叽咕着:

"这个纪总管也实在太过分了!住的是我家的屋子,吃的是我家的饭,说穿了,一家三口都是我家养的人,天虹死了,我们也很难过。这样去给他们赔小心,还是不领情,那要咱们怎么办?我看,他这个总管当糊涂了,还以为他是'主子'呢!"

"人家死了女儿,心情一定不好!"祖望难过地说。

"他们死了女儿,我们还死了媳妇呢!不是一样吗?"

正说着,迎面碰到梦娴带着齐妈,手里拿着一个托盘,提着食篮,正往纪家走去。看到他们,梦娴就关心地问:

"你们从纪家过来吗?他们在不在家?"

"在,可是脾气大得很,我看,你们不用过去了!"祖望说。

品慧看梦娴带着食篮,酸溜溜地说:

"他们脾气大,也要看是对谁!大概你们两个过去,他们才会当作是'主子'来了吧!纪总管现在左一句后悔,右一句后悔,不就是后悔没把天虹嫁给云飞吗?看到梦娴姊,这才真的等于看到亲家了吧!"

梦娴实在有些生气,喊:

"品慧!他们正在伤心的时候,你就积点口德吧!"

品慧立刻翻脸：

"这是什么话？我哪一句话没有口德？难道我说的不是'实情'吗？如果我说一说，都叫作'没口德'，那么，你们这些偷偷摸摸做的人，是没有什么'德'呢？"

梦娴一怔，气得脸色发青了：

"什么'偷偷摸摸'，你夹枪带棒，说些什么？你说明白一点！"

云翔正在一肚子气，没地方出，这时，往前一冲，对梦娴叫了起来：

"你不要欺负我娘老实！动不动就摆出一副'大太太'的样子来！你们和云飞串通起来，做了一大堆见不得人的事，现在，还想赖得干干净净！如果没有云飞，天虹怎么会死？后来丫头们都告诉我了，她会去撞马车，是因为她要跑出去找云飞！杀死天虹的凶手，不是我，是云飞！现在，你们反而做出一副被害者的样子来，简直可恶极了！"

梦娴瞪着云翔，被他气得发抖，掉头看祖望：

"你就由着他这样胡说八道吗？由着他对长辈嚣张无理，对死者毫不尊敬？一天到晚大呼小叫吗？"

祖望还没说话，品慧已飞快地接了口，尖酸地说：

"这个儿子再不中用，也是展家唯一的儿子了！你要管儿子，恐怕应该去苏家管！就不知道，怎么你生的儿子，会姓了苏！"

"祖望……"梦娴惊喊。

祖望看着梦娴，长叹一声，被品慧的话，勾起心中最深

的痛,懊恼地说:

"品慧说的,也是实情!怎么你生的儿子,会姓了苏?我头都痛了,没有心情听你们吵架了!"

祖望说完,就埋头向前走。

梦娴呆了呆,心里的灰心和绝望,排山倒海一样地涌了上来。终于,她了解到,云飞为什么要逃出这个家了!她拦住了祖望,抬着头,清清楚楚地,温和坚定地说:

"祖望,我嫁给你三十二年,到今天做一个结束。我的生命,大概只有短短的几个月了,我愿意选择一个有爱、有尊严的地方去死。我生了一个姓苏的儿子,不能见容于姓展的丈夫,我只好追随儿子去!再见了!"

祖望大大一震,张口结舌。

梦娴已一拉齐妈的手,说:

"我们先把饭菜,给纪总管送过去,免得凉了!"

梦娴和齐妈,就往前走去。祖望震动之余,大喊:

"站住!"

梦娴头也不回,傲然地前行。品慧就笑着说:

"只怕你这个姓展的丈夫,叫不住苏家的夫人了!"

祖望大受刺激,对梦娴的背影大吼:

"走了,你就永远不要回来!"

梦娴站住,回头悲哀地一笑,说:

"我的'永远'没有多久了,你的'永远'还很长!你好自为之吧!珍重!"说完,她掉头去了。

祖望震住,站在那儿,动也不能动。只见风吹树梢,落叶飞满地。

梦娴和齐妈，当天就到了云飞那儿。

阿超开的大门，他看到两人，了解到是怎么一回事，就拎起两人的皮箱往里面走，一路喊进来：

"慕白！雨凤！雨鹃……你们快出来呀！太太和齐妈搬来跟我们一起住了！"

阿超这声"慕白"，终于练得很顺口了。

云飞、雨凤、雨鹃、小三、小五大家都跑了过来。云飞看看皮箱，看看梦娴，惊喜交集：

"娘！你终于来了！"

梦娴眼中含泪，凝视他：

"我和你一样，面临到一个必须选择的局面，我做了选择，我投奔你们来了！"

梦娴没有讲出的原委，云飞完全体会到了，紧握了一下她的手：

"娘！我让你受委屈了！"

梦娴痛楚地说：

"真到选择的时候，才知道割舍的痛。云飞，你所承受的，我终于了解了！"她苦笑了一下："不过，在我的潜意识里，我大概一直想这样做！一旦决定了，也有如释重负，完全解脱的感觉。"

雨凤上前，诚挚地、温柔地、热烈地拥住她：

"娘！欢迎你'回家'！我跟你保证，你永远不会后悔你的选择！因为，这儿，不是只有你的一个儿子在迎接你，这儿有七个儿女在迎接你！你是我们大家的娘！"就回头对小三小五喊："以后不要叫伯母了，叫'娘'吧！"

小三小五就扑上来，热烈地喊：

"娘！"

梦娴感动得一塌糊涂，紧紧地拥住两个孩子。

阿超高兴地对梦娴说：

"我和雨鹃，已经挑好日子，二十八日结婚，我们两个，都是孤儿，正在发愁，不知道你肯不肯再来一趟，让我们可以拜见高堂。现在，你们搬来了，就是我们'名正言顺'的'高堂'了！"

梦娴惊喜地看雨鹃和阿超：

"是吗？那太好了，阿超，雨鹃，恭喜恭喜！"

齐妈也急忙上前，跟两人道喜：

"阿超，你好运气，娶到这样的好姑娘！"对雨鹃笑着说："如果阿超欺负你，你告诉我，我会帮你出气！"

"算啦！她不欺负我，我就谢天谢地了！"阿超喊。

"算算日子只有五天了！来得及吗？"梦娴问。

雨鹃急忙回答：

"本来想再晚一点，可是，慕白说，最好快一点，把该办的事都办完！"

云飞看着母亲，解释地说：

"最近，大家都被天虹的死影响着，气压好低，我觉得，快点办一场喜事，或者，可以把这种悲剧的气氛冲淡，我们都需要振作起来，面对我们以后的人生！"

梦娴和齐妈拼命点头，深表同意。齐妈看着大家，说：

"不知道你们这儿够不够住？因为，我跟着太太，也不准备离开了！"

雨鹃欢声大叫：

"怎么会不够住？正好还有两间房间空着！哇！我们这个'家'越来越大，已经是九口之家了！太好了！我们快去布置房间吧！我来铺床！"

"我来挂衣服！"小三喊。

"我会折被子！"小五喊。

大家争先恐后，要去为梦娴布置房间。阿超和云飞拎起箱子，大家便簇拥着梦娴往里面走。

梦娴看着这一屋子的人，看着这一张张温馨喜悦的脸庞，听着满耳的软语呢喃……这才发现，这个地方和展家，根本是两个截然不同的世界！展家，充满了萧索和绝望，这儿，却充满了温暖和生机！原来，幸福是由爱堆砌而成的，她已经觉得，自己被那种幸福的感觉，包围得满满的了。

28

　　阿超和雨鹃,在那个月的二十八日,顺利地完成了婚礼。在郑老板的坚持下,照样迎娶,照样游行,照样在待月楼大宴宾客。几乎云飞和雨凤有的排场,阿超和雨鹃全部再来一遍。阿超这一生,何时经验过这么大的场面,何时扮演过这么吃重的角色,每一个礼节,都战战兢兢,如临大敌。

　　好不容易,所有的节目都"演完"了。终于到了"洞房花烛"的时候,阿超一整天穿着新郎官的衣服,手脚都不知道该往哪儿放。现在看到已入洞房,就大大地呼出一口气来,如释重负。

　　"哇!可把我累坏了!就算骑一天马,赶几百里路,也不会这么累!这是什么衣服嘛,害我一直扎着手,扎着脚,可真别扭!还要戴这么大一个花球,简直像在唱戏!还好,只折腾我一天……"他一面说,一面把长衣服脱下。

　　雨鹃对着镜子,取下簪环,笑嘻嘻地接口:

"谁说只有一天？明天还有一天！"

"什么叫还有一天？"他大惊。

雨鹃慢条斯理地说：

"郑老板说，明天是新姑爷回门，还有一天的节目！你最好把那些规矩练习练习，免得临时给我出状况！"

他立刻抗拒起来：

"怎么雨凤没有回门，你要回门？"

"郑老板说，我是他亲口认的干女儿，不一样！一定要给足我面子，热闹它一天，弄得轰轰烈烈的！郑家所有的族长、亲戚、长辈、朋友……全部集合到郑家去，你早上要穿戴整齐，先拜见族长，再拜见长辈，然后是平辈，然后是晚辈，然后是朋友，然后是女眷……"

阿超越听越惊，越听越急：

"你怎么早不跟我说，现在才告诉我！"

"没办法，如果我早说，恐怕你就不肯娶我啦！好不容易才把你骗到手，哄得你肯成亲，如果弄个'回门'，把你吓走，我不是太冤了吗？"她甜甜地笑着说。

"你明知道我怕这些规规矩矩，你怎么不帮我挡掉？"

"没办法，人家郑老板一片好意，却之不恭！何况，你当初把我从他手里抢走，我对他有那么一份歉意，不能说'不'。再加上，好多人都知道你这段'横刀夺爱'的故事，大家就是要看看你是何方神圣，我只好让你去'展览'一下！"

阿超往床上一倒，大叫：

"我完了！我惨了！"

她扑过来，去蒙他的嘴巴：

"喂喂！今晚是洞房花烛夜呀，你嘴里说些什么？总要讨点吉祥，是不是？"

他握住她的双手，头痛地喊：

"想到明天我还要耍一天的猴儿戏，我今晚连洞房花烛的兴趣都没有了！"

她瞅着他。瞅了好半天，扑哧一声笑了。

"你笑什么？"他莫名其妙地问。

"我就知道你是这种反应！你有几两重，我全摸清了！你想想看，知你如我，还会让你去受那种罪吗？我早就推得一干二净啦！现在，是逗你的啦！"

阿超怔了怔，还有些不大相信，问：

"那么，明天不用'回门'了？"

"不用'回门'了！"

"你确定吗？"

"我确定！"

这一下，阿超喜出望外，大为高兴。从床上直跳起来，伸手把她热烈地抱住：

"哇！那还等什么？我们赶快'洞房花烛'吧！"

她又笑又躲，嚷着说：

"你也稍微有情调一点，温柔一点，诗意一点，浪漫一点……好不好？"

"那么多点之后，天都亮了！我们不要浪费时间了嘛，不是春宵一刻值千金吗？"

她跳下床，躲到门边去，笑着说：

"你不说一点好听的，我就不要过去！"

"你怎么那么麻烦，洞房花烛夜，还要考我！什么好听的嘛！现在哪儿想得起来？"

"那……只有三个字的！"

"天啊，那种肉麻兮兮的话，你怎么会爱听呢？"

"你说不说？"

他飞扑过来，一把覆住她，把她紧紧地搂进怀里：

"与其坐在那儿说空话，不如站起来行动！"

他说完，就把头埋在她脖子里，一阵乱揉，雨鹃怕痒，笑得花枝乱颤。她的笑声，和那女性的胴体，使他热情高涨。他就动情地解着她的衣纽，谁知那衣纽很紧，扣子又小，解来解去解不开。

"你这个衣纽怎么那么复杂？"他解得满头大汗，问。

雨鹃直跺脚：

"你真笨哪！你气死我了！"

阿超一面和那个纽扣奋斗，一面赔笑说：

"经验不够嘛，下次就不会这么手忙脚乱了！"

雨鹃看他粗手粗脚，竟拿一粒小纽扣没办法，又好气又好笑。好不容易，解开了衣领。他已经弄得狼狈不堪，问：

"一共有多少个纽扣？"

"我穿了三层衣服，一共一百零八个！"她慢吞吞地说。

阿超脱口惊呼：

"我的天啊！"

阿超这一叫不要紧，房门却忽然被一冲而开，小四、小三、小五跌了进来。小四大喊着：

"我就知道二姊会欺负阿超！阿超，你别怕，我们来救你啦！"

"我们可以帮什么忙？"小三急急地问。

小五天真地接嘴：

"那个纽扣啦！一百零八个！我们来帮忙解！"

阿超和雨鹃大惊，慌忙手忙脚乱地分开身子，双双涨红了脸。再一看，雨凤和云飞笑吟吟地站在门口。梦娴和齐妈，也站在后面直笑。这一惊非同小可。

阿超狼狈极了，对云飞大喊：

"你真不够意思，你洞房的时候，我和雨鹃把三个小的带到房里，跟他们讲故事，千方百计绊住他们，让他们不会去吵你们！你们就这样对我！"

雨凤急忙笑着说：

"一点办法都没有，你人缘太好了！三个小的就怕你吃亏，非在门口守着不可，你们也真闹，一会儿喊天，一会儿喊地，弄得他们三个好紧张……好了，我现在就把他们带去关起来！"

她转头对弟妹们笑着喊："走了！走了！别耽误人家了，春宵一刻值千金呢！"

云飞把阿超袖子一拉，低低地说：

"那个纽扣……解不开，扯掉总会吧！"

雨凤也在阿超耳边，飞快地说了一句：

"没有一百零八个,只有几个而已!"

雨鹃又羞又窘,抱着头大喊:

"哇!我要疯了!"

云飞笑着,重重地拍了阿超一下:

"快去!革命尚未成功,同志仍须努力!"

云飞说完,就带着大伙出房,把房门关上。回过头来,他看着雨凤,两人相视而笑。牵着弟妹们,大家向里面走。齐妈和梦娴在后面,也笑个不停。

新房内,又传出格格的笑声。小三小四小五,也格格地笑着,彼此说悄悄话。

雨凤对云飞轻声说:

"听到了吗?幸福是有声音的,你听得到!"她抬眼看窗外的天空:"希望天虹在天上,能够分享我们的幸福!"

云飞感动地一笑。点头,紧紧地揽住了雨凤。

两对新人的终身大事都已经办完了。

对云飞来说,这是一个崭新的开始。他一下子就拥有了一个庞大的家庭,从今以后,这个家庭的未来,这个家庭的生活,这个家庭的幸福,全在他的肩上了。他每天看着全家大大小小,心里深深明白,维持这一家人的欢笑,就是他最大最大的责任,也是他今后人生最重要的事了。

这天晚上,九个人围着桌子吃晚餐,热闹得不得了。

齐妈习惯地帮每个人布菜,尤其照顾着小四小五,一会儿帮他们夹菜,一会儿帮他们盛汤,始终不肯坐下。

雨鹃忍不住，跳起身子，把她按进椅子里：

"齐妈，你坐下来好好吃吧！不要尽顾着大家，你明知道我们这儿没大没小，也没规矩，所有的人，一概平等！这么久了，你还是这样！你不坐下好好吃，我们大家都吃不下去！"

齐妈不安地看了梦娴一眼，说：

"我高兴照顾呀！我看着你们大家吃，心里就喜欢，你们让我照顾嘛！"

梦娴笑看齐妈，温和地说：

"你就不要那么别扭了，每个家有每个家的规矩，你就依了大家吧！"

齐妈这才坐定，她一坐下，七八双筷子，不约而同地，夹了七八种菜，往她碗里堆去，她又惊又喜，叫：

"哎哎！你们要撑死我吗？"

大家互看，都忍不住笑了。

温馨的气氛，笼罩着整个餐桌。云飞看着大家，就微笑地说：

"我有一件事情，要征求大家的意见！"

"告状的事吗？"雨鹃立刻问。

"不！那件事我们再谈！先谈另外一件！"云飞看看雨鹃，又看看雨凤，"我们这个家已经很大了，一定还会越来越大，人口也一定会越来越多，我和阿超，都仔细研究过，我们应该从事哪一行，才能维持这个家！昨天我去贺家，跟一些虎头街的老朋友谈了谈，大家热心得不得了……我们现在有木工,有泥水匠,有油漆匠,有砖瓦工……然后,我手里有一块地,我想,重建'寄傲山庄'!"

云飞这一个宣布,整个餐桌顿时鸦雀无声。萧家五个兄弟姊妹,个个瞪大了眼睛,不敢相信地看着他。他就继续说:

"我和我娘,手上还有一些钱,如果我们不找工作,没两年就会坐吃山空。要我去上班,我好像也不是那块料!阿超也自由惯了,更不是上班的料!我们正好拿这些钱,投资一个牧场!养牛、养羊、养马……养什么都可以,只要经营管理得好,牧场是个最自由,最接近自然的行业,对阿超来说,好容易!对你们五个兄弟姊妹来说,好熟悉!而我,还可以继续我的写作!"

他说完,只见萧家姊弟,默不作声,不禁困惑起来:

"怎么样?你们姊弟五个,不赞成吗?"

阿超也着急地说:

"虎头街那些邻居,已经纷纷自告奋勇,有的出木工,有的出水泥工……大家都不肯算工钱,要免费帮我们重建寄傲山庄了!"

雨凤终于有了一点真实感,回头看雨鹃,小小声地说:

"重建寄傲山庄?"

雨鹃也小小声地回答:

"重建寄傲山庄?"

小三抬头看两个姊姊:

"重建寄傲山庄?"

小四和小五不禁同声一问:

"重建寄傲山庄？"

雨凤跳下饭桌，雨鹃跟着跳下，姊妹两个双手一握，齐声欢呼：

"重建寄傲山庄！"

小三小四小五跟着跳下饭桌，跑过去拥住两个姊姊。五个兄弟姊妹就狂喜地，手牵手地大吼大叫起来：

"重建寄傲山庄！重建寄傲山庄！重建寄傲山庄……"

云飞、阿超、梦娴、齐妈看到反应如此强烈的姊弟五个，简直愣住了。

云飞被这样的狂喜感染着，对阿超使了一个眼色，阿超会意，就离席，奔进里面去。一会儿，他拿了一个包着牛皮纸的横匾进来。他把牛皮纸哗地撕开，大家定睛一看，居然是"寄傲山庄"的横匾！

雨鹃惊喜地大叫：

"爹写的字！是原来的横匾！怎么在你们这儿？"

"慕白收着它，就等这一天！"阿超说。

雨凤用手揉眼睛：

"哇！不行，我想哭！"

云飞看着雨凤，深情地说：

"一直记得你告诉我的话，你爹说，寄傲山庄是个天堂，从那时起，我就发誓要把这个天堂还给你们！"

雨凤用热烈的眸子，看了云飞一眼，就跑到梦娴身边，紧紧地抱了她一下：

"娘！谢谢你！"

"这件事可是他和阿超两个人的点子，我根本没出力！"梦娴急忙说。

雨凤凝视梦娴：

"我谢谢你，因为你生了慕白！如果这世界上没有他，我不知道我的生活会多么贫乏！"

不能有更好的赞美了，云飞感动地笑着。小四大声问：

"哪一天开工？我可以不上学，去参加工作吗？"

"如果你们不反对，三天以后就开工了！"

雨鹃两只手往天空一伸，大喊：

"万岁！"

小三、小四、小五同声响应，大叫：

"万万岁！"

整个房间里，欢声雷动。

齐妈和梦娴，笑着看着，感动得一塌糊涂。

"寄傲山庄"在三天以后，就开工了。参加重建的人，全是虎头街的老百姓，无数男男女女，都兴高采烈地来盖山庄。有的锯木材，有的钉钉子，有的砌砖头，有的搬东西。搬运东西时，各种运输工具都有，驴车、板车、牛车、马车……全体出动，好生热闹。

云飞和阿超忙得不亦乐乎，云飞不住地画图给工作人员看，阿超是什么活都做，跑前跑后。雨凤、雨鹃和其他女眷，架着大锅子，煮饭给大伙吃。

小三、小五和其他女孩，兴冲冲给大家送茶，送菜，送饭,送汤。

小四和其他男孩,忙着帮大人们打下手,照顾驴啊牛啊马啊……

工地上,一片和乐融融,大家一面工作,一面聊天,一面唱歌……

雨凤、雨鹃太快乐了,情不自禁,就高唱着那首《人间有天堂》。小三、小四、小五也跟着唱,几天下来,人人会唱这首歌。大家只要一开工,就情不自禁地唱起来:

在那高高的天上,阳光射出万道光芒,当太阳缓缓西下,黑暗便笼罩四方,可是那黑暗不久长,因为月儿会悄悄东上,把光明洒下穹苍。即使没有太阳也没有月亮,孩子啊,你们不要悲伤,因为细雨会点点飘下,滋润着万物生长。这个世界就是这样;只要你心里充满希望,人间处处,会有天堂!

大家工作的时候唱着,休息的时候唱着,连荷锄归去的时候也唱着。把重建寄傲山庄的过程,变成了一首歌:人间处处,会有天堂!

云飞忙着在重建寄傲山庄,展家的风风雨雨,却没有停止!

这天,展家经营的几家银楼,突然在一夜之间,换了老板!几个掌柜,气急败坏地来到展家,追问真相。老罗带着他们去找纪总管,到了纪家小院,才发现纪总管父子,已经人去楼空！房子里所有财物，全部被搬走！只在桌子上，留下一张信笺，一本账册。老罗大惊失色，带着信笺账册，和银楼掌柜，冲进祖望房里：

"老爷！老爷！出事了！出事了！纪总管和天尧跑掉了！"

"什么？你说什么？"祖望大叫。

老罗把信笺递上，祖望一把抓过信笺，看到纪总管的笔迹，龙飞凤舞地写着：

祖望：

　　我三十五年的岁月，天虹二十四岁的生命，一起埋葬在展家，换不到一丝一毫的代价！我们走了！我们拿走我们应该拿的报酬，那是展家欠我们的！至于绸缎庄和粮食店，早就被云翔豪赌输掉了！账册一本，请清查。

祖望急着翻了翻账册，越看越惊。他脸色惨变，大叫：

"不可能的！不可能的……"

几个掌柜哭丧着脸，走上前来：

"老爷，我们几个，是不是以后就换老板了？郑老板说要我们继续做，老爷，您的意思呢？"

"郑老板？郑老板？"祖望惊得张口结舌。

"是啊，现在，三家银楼，说是都被郑老板接收了！到底是不是呢？"掌柜问。

祖望快昏倒了，抓着账册，直奔纪总管家，四面一看，连古董架上的古董，墙上的字画，全部一扫而空！他无须细查，已经知道损失惨重。这些年来，纪总管既是总管，又是亲家，所有展家的财产，几乎全部由他操控。他心中一片冰冷，额上冷汗涔涔，转身奔进云翔房间，大叫：

"云翔！云翔！云翔……"看到了云翔，他激动地把账册摔在他脸上，大吼："你输掉了四家店！你把绸缎庄、粮食店，全体输掉了！你疯了吗？你要败家，也等我死了再败呀！"

品慧和云翔正在谈话，这时，母子双双变色，云翔跳起身就大骂：

"纪叔出卖我！说好他帮我挪补的！哪里用得着卖店？不过是几万块钱罢了！"

祖望眼冒金星，觉得天旋地转：

"不过是'几万'块钱？你哪里去挪补几万块钱？你真的输掉几万块钱？"他蹒跚后退："我的天啊！"

品慧又惊又惧，急急地去拉云翔的衣袖：

"怎么回事？不可能的！你怎么会输掉几万块？你是不是中了别人的圈套？这太不可思议了！你赶快跟你爹好好解释……"

"我去找纪叔理论！他应该处理好……"云翔往门外就冲。

"纪总管和天尧，早就跑了！这账册上写得清清楚楚，五家钱庄里的现款，三家银楼的首饰他们全部带走，还把店面都卖给郑老板了！其他的损失，我还来不及算！你输掉的，还不包括在内!"祖望大吼。

云翔像是挨了当头一棒,眼睛睁得好大好大,狂喊:

"不可能!纪叔不会这样,天尧不会这样……他们是我的死党呀,他们不能这样对我……"他一面喊,一面无法置信地冲出门去。

祖望跌坐在椅子里呻吟:

"三代的经营,一生的劳累,全部毁之一旦!"

"老爷子,你快想办法,去警察厅报案,把纪总管他们捉回来!还有绸缎庄什么的,一定是人家设计了云翔,你快想办法救回来呀!"品慧急得泪落如雨,喊着。

祖望对于品慧,听而不闻,视而不见。他凝视着窗外,但见寒风瑟瑟,落木萧萧。他神思恍惚,自言自语:

"一叶落而知秋,现在,是真的落叶飞满地了!"

云飞很快就知道纪总管卷款逃逸的事了,毕竟,桐城是个小地方,消息传得很快。这天晚上,大家齐聚在客厅里,为这个消息震动着。

"损失大不大呢?纪总管带走些什么东西呢?"云飞问齐妈。

"据说,是把展家的根都挖走了!三家银楼,五家钱庄,所有现款首饰,全体没有了!连店面都卖给了郑老板,卖店的钱,也带走了!"

"纪总管……他怎么会做得这么绝?"

梦娴难过极了,回忆起来,痛定思痛:

"我想,从天虹流产,他就开始行动了,可惜展家没有一个人有警觉,等到天虹一死,纪总管更是铁了心,再加上云翔一点悔意都没有……最后,就造成这样的结果!"

"我已经警告了爹,我一再跟他说,云翔这样荒唐下去,后果会无法收拾!爹宁可把我赶出门,也不要相信我!现在,怎么办呢?云翔能够扛起来吗?"云飞问。

"他扛什么起来?他外面还有一大堆欠债呢!"梦娴说。

"是啊!听说,这两天,要债的人都上门了!老爷一报案,大家都知道展家垮了,钱庄里、家里,全是要债的人!"齐妈接口。

云飞眉头一皱,毕竟是自己的家,心中有说不出来的痛楚。梦娴看他,心里也有说不出来的痛楚。她犹豫地说:

"你想,这种时候,我们是不是该回家呢?"

云飞打了一个寒颤,抗拒起来:

"不!我早已说过,那个家庭的荣与辱,成与败,和我都没有关系了!"

"或者,你能不能跟郑老板商量商量,听说,现在最大的债主,就是郑老板!"梦娴恳求地看着他,"郑老板那么爱惜雨凤雨鹃,或者可以网开一面!"

云飞好痛苦,思前想后,不禁抽了一口冷气。他抬眼看雨凤、雨鹃,眼神里满溢着悲哀,苦涩地说:

"这一盘棋,我眼看你们慢慢布局,眼看郑老板慢慢行动,眼看展家兵败如山倒!整个故事,从火烧寄傲山庄开始,演变成今天这样……雨凤,雨鹃,你们已经赢了,你们的仇,还要继续报下去吗？"

雨鹃一个震动，立刻备战：

"你不是在怪我们吧？"

"我怎么会怪你们，我只是想到那张状子！云翔有今天，可以说完全是他自己造成的！因为烧掉了寄傲山庄，你们才会去待月楼唱曲，因为唱曲，才会认识郑老板！因为郑老板路见不平，才会插手'城南'的事业！这是一连串的连锁反应。至于纪总管，跟你们完全无关，是云翔另一个杰作！今天这种后果，其实只是几句老话：'天网恢恢，疏而不漏！种瓜得瓜，种豆得豆！'我知道，我应该对展家的下场无动于衷，只是……"

"你身体里那股展家的血液，又冒出来了！"雨鹃接口。

云飞凄然苦笑，笑得真是辛酸极了。

阿超一个冲动，对雨鹃激动地说：

"到此为止吧！不要为难慕白了！他本来身体里就有展家的血，这是他毫无办法的事！我们放那个夜枭一马，让他去自生自灭吧！"

雨凤看雨鹃，因云飞的痛苦而痛苦，因梦娴的难过而难过，急急地说：

"想想看，我们正在欢欢喜喜地重建寄傲山庄，慕白说得好，要帮我们找回那个失去的天堂，我们失去的，正慢慢找回来！我们因此，也都得到了好姻缘，上苍对我们是公平的！展夜枭虽然把我们害得很惨，他已经自食其果了！我们与其再费尽心机去告他，不如把这个精神，用在重建我们的幸福上！像慕白说的，这盘棋，我们已经赢了，何必再赶尽杀绝呢！雨鹃，我们放手吧！"

雨鹃的心已经活了，看小三、小四、小五：

"这件事还有三票，你们三个的意思如何？我们还要不要告展夜枭？要不要让他坐牢？"

小三看阿超：

"我听阿超大哥的！"

"我也听阿超大哥的！"小四说。

"我也是！我也是！"小五接口。

雨鹃叹了口长气，说：

"现在，是我一票对六票，我投降了！此时此刻，我不能不承认，爱的力量比恨来得大，我被你们这一群人同化了！好吧，就不告了，希望我们大家的决定是对的！"

梦娴不解地看大家：

"什么状子？什么告不告？"

云飞长叹一声，如释重负：

"娘！我刚刚化解了展家最大的一个灾难！钱，失去了还赚得回来！青春、生命和荣誉，失去了，就永远回不来了！"

梦娴虽然不甚了解，但，看到大家的神情，也明白了七八成。

云飞感激地看看萧家五个姊弟，再掉头看着梦娴，郑重地说：

"我不反对你回去看看，可是，我和雨凤他们同一立场！"他伸手揽住雨凤、小三、小四、小五："在他们如此支持我的情况下,我不能再让他们伤心失望,我那股展家的血液,只好深深掩藏起来!"

梦娴叹息,完全体会出云飞的苦衷。可是,想想,心有不忍,伸手按在他的手上,几乎是恳求地说:

"那么,算是你陪我回去走一趟,行吗?"

云飞很为难,心里非常矛盾。雨凤抬眼,凝视着他:

"你就陪娘,回去一趟吧!我想,你也很想了解展家到底是怎样一个情况。现在,展家有难,和展家得意的时候毕竟不一样!患难之中,你仍然置之事外,你也会很不安心的!所以,就让那股展家的血液,再冒一次吧!"

梦娴感激地看着雨凤。云飞也看着她,轻声低语:

"知我者,雨凤也!"

云飞、梦娴带着阿超和齐妈,当天就回了家。

他们走进展家的庭院,立刻引起了一阵骚动。老罗看到云飞和梦娴,喜出望外,激动地一路喊进去:

"太太回来了!大少爷回来了!"

祖望听到他们来了,就身不由己地迎了出来。

夫妻俩一见面,就情不自禁地奔向彼此。梦娴把所有的不快都忘记了,现在,只有关心和痛心,急切地说:

"祖望,我都知道了!现在情形怎么样?李厅长那儿有没有消息?可不可能追回纪总管?我记得纪总管是济南人,要不要派人到他济南老家去看看?"

祖望好像见到最亲密的人,伤心已极地说:

"你以为我没想到这一点吗?已经连夜派人去找过了!他

济南老家,早就没人了!李厅长说,案子收不收都一样,要在全中国找人,像是大海捞针!而且,我们太信任纪总管,现在,居然没有证据,可以说他是'卷逃',所有的账册,他都弄得清清楚楚,好像都是我们欠他们的,我就是无可奈何呀!"

品慧和云翔,听到声音,也出来了。

品慧一看到四人结伴而来,就气不打一处来,立刻提高嗓门,尖酸地喊:

"哎哟!这苏家的夫人少爷,怎么肯来倒霉的展家呢?"她对梦娴冲过来,嚷:"纪总管平常跟你们亲近得不得了,一定什么话都谈!这事也实在奇怪,你离开展家没几天,纪总管就跑了!难道你没有得到任何消息吗?搞不好就是你们串通一气,玩出来的花样!"

梦娴大惊,顿时气得说不出话来。

云飞大怒,往前一冲,义正词严地说:

"慧姨娘!你这说的什么话?我娘今天是一片好心,听说家里出了事,要赶回来看看,看有没有可以帮忙的地方,就算在实际上帮不了忙,在心态上是抱着'同舟共济'的心态来的!你这样胡说八道,还想嫁祸给我们,你实在太过分,太莫名其妙了!"

品慧还没回答,云翔已经冲上前来,一肚子怨气和愤怒,全部爆炸,对云飞梦娴等人,咆哮地大叫:

"我娘说得对极了!搞不好就是你们母子玩出来的花样!"他对云飞伸了伸拳头:"那个郑老板不是你老婆的'干

爹'吗?他一步一步地计划好,一步一步地陷害我,让我中了他的圈套,把展家的产业,全部'侵占'!如果没有他跟纪总管合作,那些银楼商店哪里会这么容易脱手!我想来想去,这根本就是你的杰作!你要帮萧家那几个妞儿报仇,联合郑老板,联合纪总管,把我们家吃得干干净净!我看,展家失去的财产,说不定都在你们那里!现在,你们跑回来干什么?验收成果吗?要看看我们展家有多惨吗……"

云飞这一下,真是气得快晕倒,回头看梦娴:

"娘!你一定要回来看看,现在,你看到了!他们母子,永远不可能进步,永远不会从失败中学到教训!我早就说过,他们已经不可救药!现在,我们看够了吧!可以走了!"

云飞回头就走,云翔气冲冲地一拦,越来越觉得自己的分析对极了,大吼:

"你还想赖!你这个欺世盗名的伪君子!我今天要把你所有的假面具都揭开!"回头大喊:"爹!你看看这个名叫苏慕白的人,他偷了我的老婆,偷了你的财产,娶了我们的仇人,投效了我们的敌人,害得我们家倾家荡产!他步步为营,阴险极了!我们今天会弄成这样,全是这个姓苏的人一手造成……"

阿超忍无可忍,怒吼出声:

"慕白!你受得了,我受不了!要不我现在就废了他,要不,我们赶快离开这儿,回去找郑老板,把那张状子拿来签字!"

云翔听到"郑老板"三字,更加肯定了自己的推测,怪叫着：

"爹！你听到了！他们要回去找郑老板，想办法再对付我们！不把我们赶尽杀绝，他们不会放手的！你总算亲耳听到了吧，现在，你知道你真正的敌人是谁了吧？你知道为什么我们家的财产会到郑家去了吧……"

梦娴已经气得脸色发白，浑身颤抖，看祖望说：

"祖望，算我多事，白来这一趟，你好好珍重吧！我走了！"

梦娴转身想走，云翔大叫：

"我话还没说完，你们就想逃走了吗？"

阿超大吼一声，对云翔挥着拳头喊：

"你在考验我的耐力是不是？如果我不痛痛快快地打你一顿，你会浑身不舒服！是不是？"

品慧就撒泼似的尖叫起来：

"家已经败了，钱已经没了，你们还要回来打人！云翔呀！我看我们母子也走吧！我娘家虽然是个破落户，养活我们母子还不成问题，留在这里，迟早会被这个姓苏的打死，你跟娘一起走吧！"

祖望听到云翔一席话，觉得不无道理。想到云飞和郑老板的关系，想到云飞的"不孝"和种种，心里更是痛定思痛。又见阿超以一个家仆的身份，气势汹汹，反感越深。他往前拦住阿超，悲切地喊：

"事已至此，你们适可而止吧！"

这句"适可而止"像是一个焦雷，直劈到云飞头顶。他踉跄一退，不敢相信地看看祖望，痛心已极地喊：

"爹！什么叫适可而止？"

梦娴绝望地看着祖望，问：

"你相信他的话？你也认为今天展家所有的悲剧，都是云飞造成的？"

祖望以一种十分悲哀，十分无助的眼光，看着云飞和梦娴，叹了一口长气，无力地说：

"展家就像云飞说的，是'家破人亡'了！"他抬起憔悴的眸子，看着云飞："我不知道你在这个悲剧里，扮演的是怎样的角色，但是，我知道，如果没有你，展家绝不会弄到今天这个地步！"

云飞眼睛一闭，心中剧痛，脸色惨白：

"我知道了！今天跑这一趟，对我唯一的收获就是，我身体里那股展家的血液，终于可以不再冒出来了！"

云飞就扶着梦娴，往大门走，一面走，一面凄然地说：

"娘！我们走吧！这儿，实在没有什么值得留恋的了！你也帮不了任何忙。天要让一个人灭亡，必先让他疯狂！现在，想救展家，只有苍天了！只怕苍天，对这样的家庭，也欲哭无泪了！"

云飞、梦娴等人，就沉痛地走了。在他们身后，云翔涨红着眼睛，挥舞着拳头，振臂狂呼：

"什么疯狂？什么灭亡？你还有什么诡计，你都用出来好了！反正，人啊钱啊，都给你拐跑了！我只有一条命，了不起跟你拼个同归于尽……"

云飞和梦娴,就在这样的大呼小叫下,走了。

回到塘口,母子二人,实在非常沮丧,非常悲哀。

梦娴一进门,就乏力地跌坐在椅子里,忍不住落泪了。云飞在她身边坐下,拍了拍她的手,努力安慰着她:

"娘!你不要难过了。展家,气数已尽,我们和展家的缘分也尽了!云翔说的那些话,固然可恶到了极点,不过,我们知道云翔根本就是个疯子,也就罢了!可是,爹到了这个地步,仍然相信他,把'家破人亡'的责任居然归在我身上,好像'中邪'一样!实在让我觉得匪夷所思!他一次又一次,砍断我对展家的根!我真的是哀莫大于心死,彻底绝望了!命中注定,我没有爹,没有兄弟,我认了,你也认了吧!"

"你爹,他看起来那么累,那么苍老,到现在,还糊里糊涂!明明有一个你,近在眼前,他却拼了老命,把你赶出门去,推得远远的!他的身边,现在,剩下的是品慧和云翔,我想想都会害怕,他的老年,到底要靠谁呢?"梦娴拭着泪,伤心地说。

云飞一呆:

"娘!他这么误解我们,排挤我们,甚至恨我们,而你,还在为他想?为他担心?"

他抬头,一叹:"雨凤,你曾经对我说,善良和柔软不是罪恶,让我告诉你,那是罪恶!是对自己'有罪',对自己'有恶',太虐待自己了!"

雨凤看他们的样子,已经心知肚明。她走过去,提高了声音,振作着大家,说:

"你们去过展家了,显然帮不上忙,显然也没有人领情!那么,你们已经仁至义尽了!既然对展家所有的事都无能为力,那么,就不要再难过了,把他们全体抛开吧!展家虽然损失很大,依然有房产,有丫头用人,不愁吃,不愁穿!和穷人家比起来,强太多了,想想贺家的一家子,想想罗家的一家子,想想虎头街那些人家,他们一无所有,照样可以活得快快乐乐!所以,展家只要退一步想,也是海阔天空的!"

"雨凤说得对!如果展夜枭从此改邪归正,化恨为爱,照样可以得到幸福!我们唯一能做的,就是不再雪上加霜,不告他们了!你们大家,也快乐一点吧!不要让展家的乌云,再来影响我们家的欢乐吧!"雨鹃大声地接口。

阿超不禁大有同感,大声地说:

"对!雨凤雨鹃说得对!"

云飞也有同感,振作了一下,大声说:

"对!再也不能让展家的乌云,来遮蔽我们的天空!我们,还是专心去重建寄傲山庄吧!"

29

　　不管祖望多么痛心，多么绝望，展家的残局，还是要他来面对。他悲哀地体会到，云飞已经投效了敌人，离他远去，不可信任。云翔是个暴躁小子，成事不足，败事有余。现在，只有老将出马了。他压制了自己所有的自尊，所有的骄傲，去了一趟大风煤矿，见了郑老板。这是桐城数代以来，第一次，"展城南"和"郑城北"两大巨头，正式交谈。没有人知道这两个"名人"，到底谈了一些什么。但是，祖望在郑老板的办公厅里，足足逗留了四个小时。

　　祖望回到家里，直接就去找云翔，把手中的一沓借据，摔在他面前：

　　"你这个畜生！你这个败家精！这些借据，全是你亲笔画押！我刚刚去看了郑老板，人家把你的借据，全体拿来给我看，粮食店和绸缎庄，还不够还你的赌债！人家一副已经网开一面的样子……想我展祖望，和他是平分秋色的呀，现在竟落魄到这个地步！你不如拿一把刀，把爹给杀了算了！"

云翔红着眼睛，自从天虹去世，夜枭队叛变，纪总管卷逃……这一连串的打击，已经让他陷进一种歇斯底里的疯狂状态。他大叫着说：

"那不是我输的！是我中了圈套！那个雨鹃，她对我用美人计，把我困在待月楼，然后，郑老板和他的徒子徒孙，就在那儿摇旗呐喊，让我中计！云飞在后面出点子！我所有的弱点，云飞全知道，他就这样出卖我，陷害我！都是云飞，都是云飞，不是我！都是云飞……"

祖望沉痛已极地看着云翔，像在看一个陌生人：

"你不要再把责任推给云飞了！今天，郑老板给我看了一样东西，我才知道，云飞对你，已经仁至义尽了！"

"什么东西？郑老板能拿出什么好东西来给你看？"

"一张状子！一张二十一家联名控告你杀人放火的状子！原来，你把溪口那些老百姓这样赶走，你真是心狠手辣！现在，人家二十一户人家，要把你告到北京去，这张状子递出去，不但你死定了，我也会跟着你陪葬！二十一户人家里，萧家排第一户！"

"我就知道！我就知道云飞一定要弄死我，他才满意！"

"是云飞撤掉了这张状子！"祖望大声说，"人家郑老板已经清清楚楚告诉我了，不是云飞极力周旋，极力化解萧家姊妹的仇恨，你根本已经关进大牢里去了！"

云翔暴跳起来，跳着脚大嚷：

"你相信这些鬼话？你相信这张状子不会递出去？云飞那

么阴险,萧家姊妹那么恶毒,郑老板更是一个老奸巨猾,你居然去相信他们?"

"是!"祖望眼中有泪,"我相信他!他的气度让我相信他,他的诚恳让我相信他……最重要的,是所有的事实,让我相信他!我真是糊涂,才被你牵着鼻子走!"

云翔又惊又气又绝望,他已经一无所有,只有祖望的信任和爱。现在,眼看这仅有的东西也在消失,也被云飞夺去,他就怒发如狂了,大喊着:

"云飞在报仇,他利用郑老板来收服你!他一定还有目的,他一定不会放过我的!只有你才会相信他们,他们是一群魔鬼,一心一意要把我逼得走投无路!说不定明天警察就会来抓我,他们已经关过我一次了,什么坏事做不出来?说不定他们还想要展家这栋房子,要把我弄得无家可归……"

"他已经在重建寄傲山庄了,怎么会要这栋房子?"

云翔大震,如遭雷殛,大吼:

"他在重建寄傲山庄?那个地是我辛辛苦苦弄到手的,他有什么权利重建寄傲山庄?他有什么权利霸占我的土地?"

"你别说梦话了!"祖望看到他这样狂吼狂叫,心都冷了,"那块地我早就给了云飞!那是云飞的地,严格说,是萧家的地!当初,如果你不去放火,不去抢人家的土地,说不定,今天展家的悲剧,都可以避免!可惜,我觉悟得太晚了!"

云翔听到祖望口口声声,倒向云飞,不禁急怒攻心:

"你又中计了!郑老板灌输你这些思想,你就相信了!哇……"他仰天大叫:"我和云飞誓不两立!誓不两立……"

祖望看着他，觉得他简直像个疯子。耳边，就不由自主地，响起云飞的话：

"老天要让一个人灭亡，必先让他疯狂！"

祖望一甩头，长叹一声，出门去了。

云翔瞪大了眼睛，眼里布满了血丝，整个人都陷进绝望的狂怒里。

云翔几乎陷入疯狂，云飞却在全力重建"寄傲山庄"。

云飞已经想清楚，他必须把展家的悲剧，彻底摆脱，才能解救自己。为了不让自己再去想展家，他就把全副精力，都用在重建寄傲山庄的工作上。

这天，重建的寄傲山庄，已经完成了八成，巍峨地耸立着。云飞带着阿超，和无数的男男女女，兴高采烈地工作着，大家唱着歌，热热闹闹。

云飞和阿超，比任何人都忙碌，建筑图是云飞画的，各种问题都要管，前后奔跑。阿超监工，一下子爬到屋顶上，一下子爬到鹰架上，要确定各部分的建筑，都是坚固耐用的。雨凤、雨鹃照样在煮饭烧菜，唱着歌，小三小四小五在人群中穿梭。整个工作是充满欢乐的，敲敲打打的声音，此起彼落，歌唱的声音，也是此起彼落，笑声更是此起彼落。

黄队长带着他的警队，也在人群里走来走去。他们是奉厅长的命令，来"保护"和"支持"山庄的重建工作。可是，连日以来，山庄都建造得顺顺利利。他们没事可干，就在那儿喝着茶，聊着天，东张西望。

冬天已经来临了，北风一阵阵地吹过，带着凉意。雨凤端了一碗热汤，走到云飞面前，体贴地说：

"来！喝碗热汤吧！今天好像有点冷！"

"是吗？我觉得热得很呢！大概心里暖和，人也跟着暖和起来！"云飞接过汤，一面喝着，一面得意地看着那快建好的山庄，"看样子，不到一个月，我们就可以搬进来住！你觉得，这比原来的寄傲山庄如何？"

"比原来的大，比原来的精致！哇，我等不及要看它盖好的样子！等不及想搬进来！我真没有想到，我的梦，会一个一个地实现！"

云飞看着山庄，回忆着，微笑起来：

"我还记得，你在这儿，捅了我一刀！"

雨凤脸一热，前尘往事，如在目前：

"如果那天你没赶来，我已经死在这儿了！"

云飞深情地看着她：

"后来，我一直想，冥冥中，是你爹把我带来的！他知道他心爱的女儿，有生命危险，引我来这儿，替你挨一刀！"

雨凤震撼着，回忆着：

"我喜欢你这个说法！后来，雨鹃也说过，可能是爹的意思，要我'报仇'！现在回想，爹从来没有要我们报仇，他只要我们活得快乐！"她就抬头看天，小小声地问："爹，是吗？"

云飞最喜欢看她和"爹"商量谈话的样子，就也看天，搂住她说：

"爹,你还满意我吗?"

"我爹怎么说?"她笑着问。

"他说:满意,满意,满意。"

雨凤灿烂地一笑,那个笑容,那么温柔,那么美丽。他的眼光,就无法从她的脸庞上移开了,他感动地说:

"以前,我总觉得,人活到老年,什么都衰退了,就很悲哀。所以,我一直希望自己不要活得太老。可是,自从有了你,我就不怕老了。我要和你一起老,甚至,比你活得更老,好照顾你一生一世。"

她看着寄傲山庄,神往地接口:

"我可以想象一个画面,我们在寄傲山庄里。那是冬天,外面下大雪,我们七个人,都已经很老了,在大厅里围着火炉,一面烤火,一面把我们的故事,寄傲山庄的故事,讲给我们的孙子们听!唔,好美!"

雨鹃奔过来,笑着问:

"什么东西好美?"

雨凤心情好得不得了,笑看云飞,说:

"当我们都老到需要拄拐杖的时候,雨鹃不知道脾气改好没有?如果还是脾气坏得不得了,说不定拿着拐杖,指着阿超说这说那,阿超一生气,结果,我们就都没有拐杖用了!"

雨鹃听得一愣一愣的,问:

"为什么没有拐杖用呢?"

"都给阿超劈掉了!"

云飞大笑。雨鹃一跺脚,鼓着腮帮子:

"好嘛！我就知道，会给你们笑一辈子！"

三个人嘻嘻哈哈，阿超远远地看，忍不住也跑过来了：

"你们说什么说得这么开心？也说给我听一听！"

云飞笑着说：

"从过去，到未来，说不完的故事，说不完的梦！"

四个人正在谈着，忽然间，远方烟尘滚滚，一队人马正快速奔来。

雨鹃一凛，把手遮在额上看：

"有马队！怎么这个画面好熟悉！"

云飞也看了看，不经意地说：

"郑老板说，今天会派一队人来帮忙，大概郑老板的人到了！你们不要紧张，谁都知道，黄队长驻守在这儿，不会有事的！"

雨鹃就笑着提醒雨凤：

"我们也赶快去工作吧！别人做事，我们聊天，太对不起大家了！"

"是！"姊妹俩就快快乐乐地跑去工作了。

马队越跑越近，阿超觉得有点不对，凝视着马队。云飞也觉得有点奇怪，也凝视着马队。

阿超喃喃自话：

"不可能吧！夜枭队已经解散了！"

"我觉得不太对劲……"云飞说，"夜枭队虽然解散了，云翔要组织一个马队，还是轻而易举的事！你最好去通知一下黄队长，让他们防范一下！"

阿超立刻奔去找黄队长。

云飞的推测完全正确。来的不是别人，正是陷进疯狂状态的云翔！

云翔带着人马，怒气腾腾，全速冲来。远远地，他就看到那栋已经快要建好的寄傲山庄，巍峨地耸立在冬日的阳光里！比以前的山庄更加壮观，更加耀眼。他这一看，简直是气冲牛斗，怒不可遏。这样明目张胆地重建寄傲山庄，根本就是对他示威，对他炫耀，对他宣战！真是欺人太甚！他回头大喊：

"点火！"

十几支火把燃了起来。云翔高举着火把，大吼：

"冲啊！去烧掉它！烧得它片瓦不存！冲啊……"

于是，云翔就带着马队，快马冲来。他来得好快，转眼间就冲进了工地，他掠过云飞身边，如同魔鬼附身般狂叫：

"烧啊！冲啊！谁都不许重建寄傲山庄！烧啊！冲啊！冲垮它！烧掉它……"

马队冲进工地，十几支火把，丢向正在营造的屋子。

一堆建材着火了，火舌四窜。

工地顿时间，陷入一片混乱，骡子、马、牛、孩子、妇人……四散奔窜。

小五大惊，往日的噩梦全回来了，在人群中奔逃尖叫：

"魔鬼又来了，魔鬼又来放火了！大姊！二姊……阿超大哥……救命啊！"

孩子们受到感染，纷纷尖叫，四散奔逃。

雨鹃、雨凤奔进人群,雨鹃救小五,雨凤抱住另一个孩子跑开。妇人们跑过来,抱着自己的孩子奔逃。混乱中,阿超一声大叫:

"大家不要乱!女人救孩子,男人救火!"

大家立刻行动,救孩子的救孩子,救火的救火。

黄队长精神大振,总算英雄有用武之地了,他举起长枪,对着天空,连鸣三枪,大吼:

"警察厅有人驻守,谁这么大胆子,来这儿捣乱放火,全给我抓起来!抓起来!"

枪声使马队上的人全体吓住了,大家勒马观望。

云飞急忙把握机会,登高一呼:

"各位赶快停下来!都是自己人,为什么要做这种事!"他看到熟面孔,大叫:"老赵!阿旺!你们看看清楚……一个夜枭队都改邪归正了,你们还要糊涂吗?"

马队上的人面面相觑,看到黄队长,又看到云飞,觉得情况不对,老赵就翻身下马,对云飞拜倒:

"大少爷!对不起,我们糊里糊涂,根本不知道是怎么一回事!"

其他随从,跟着倒戈,纷纷跳下马,对云飞拜倒,喊着:

"咱们不知道是大少爷在盖房子,真的不知道!"

云飞就对随从们大喊:

"还不快去救火!"

随从立刻响应,有的去救火,有的去拉回四散的牲口。阿超带头,把刚刚引燃的火头,一一扑灭。

云翔骑着马，还在疯狂奔驰，疯狂践踏。他回头，看见家丁们竟然全部臣服于云飞，放火的变成了救火，更是怒发如狂，完全丧失了理智。一面策马狂奔，对着云飞直冲而来，一面大喊：

"展云飞，我和你誓不两立！我和你誓不两立……"

阿超一见情况不对，丢下手中的水桶，对云飞狂奔过来。

雨凤抬头，看见云翔像个凶神恶煞，挥舞着马鞭，冲向云飞，不禁魂飞魄散，尖叫着，也跌跌冲冲地奔过来。

雨鹃、小四、小三、小五全部奔来。

眼见马蹄就要踹到云飞头上，危急中，黄队长举枪瞄准，枪口轰然发射。

云翔绝对没有想到，有人会对他放枪，根本没有防备，正在横冲直撞之际，只觉得腿部一阵火辣辣的剧痛，已经中弹，从马背上直直地跌落下来，正好跌落在云飞脚下。云飞看着他，大惊失色。

黄队长一不做二不休，举起枪来，瞄准云翔头部，大吼着说：

"慕白兄，我今天为桐城除害！让桐城永绝后患！"

枪口再度轰然一响。

云飞魂飞魄散，大吼：

"不可以……"

他一面喊着，一面纵身一跃，飞身去撞开云翔。

云翔被云飞的身子，撞得滚了开去。但是，子弹没有停止，竟然直接射进云飞的前胸。

阿超狂叫：

"慕白……"

雨凤狂叫：

"不要……慕白……不要……"

黄队长抛下了枪，脸色惨白，骇然大叫：

"你为什么要过来，我杀了他一劳永逸，你们谁都不用负责任呀！"

云飞中了枪，支持不住。他愕然地跪倒，自己也没料到会这样。他挣扎了两下，就倒在地上。阿超扑奔过来，抱住他的头：

"慕白！你怎样？你怎样……"

雨凤连滚带爬地冲了过来，扑跪在地。她盯着他，泪落如雨，哭着喊：

"慕白！你怎么可以这样对我？"

云飞用手压着伤口，血流如注，他看着雨凤，歉疚地说：

"雨凤，对不起……事到临头，我展家的血液又冒出来了……我不能让他死，他……'毕竟'是我兄弟！"

他说完，一口气提不上来，晕死过去。雨凤仰天，哀声狂叫：

"慕白……慕白……慕白……"

雨凤的喊声，那么凄厉高亢，声音穿云透天而去，似乎直达天庭。

云翔滚在一边，整个人都傻了。睁大了眼睛，看着这一幕，他的思想意识全部停顿了。好像在刹那间，天地万物，全部静止。

云飞和云翔,都被送进了"圣心医院"。

由于路上有二十里,到达医院的时候,云翔的情况还好,只有腿上受伤,神志非常清醒。但是,他一路上什么话都没有说。所有的人,也没有一个跟他说话。云飞的情况却非常不好,始终没有醒来过,一路流着血,到达医院,已经奄奄一息。医生护士,不敢再耽误,医院里只有一间手术室,兄弟两个,就被一齐推进了手术室。

手术室房门一合,雨凤就情不自禁,整个人扑在手术室的房门上,凄然地喊着:

"慕白!请你为我活下去!请你为我活下去……因为,如果没有你,我不知道要怎么办!请你可怜可怜我,为我好起来……"

她哭倒在手术室门上。雨鹃带着弟妹们,上前搀扶她。雨鹃落泪说:

"让我们祷告,这是教会医院,信仰外国的神。不管是中国的神,还是外国的神,我们全体祷告,求祂们保佑慕白!我不相信所有的神,都听不见我们!"

小五就跑到窗前,对着窗子跪下,双手合十,对窗外喊着:

"天上的神仙,请您保佑我们的慕白大哥!"

小三、小四也加入,奔过去跪下,诚心诚意地喊着:

"所有的神仙,请你们保佑我们的慕白大哥!"

雨凤仍然扑在手术室的门上,所有的神志,所有的思想,所有的感情,所有的意识……全部跟着云飞,飞进了手术室。

在医院外面,那些建造寄傲山庄的朋友们,全体聚集在门外,不肯散去。黄队长带着若干警察,也在门外焦急地等候。

大家推派了虎头街的老住户贺伯庭为代表,去手术室门口等候。因为医院里没有办法容纳那么多的人。天色逐渐暗淡下来了,贺伯庭才从医院出来,大家立即七嘴八舌,着急地询问:

"苏先生的情况怎样?手术动完没有?救活了吗?"

贺伯庭站在台阶上,对大家沉重地说:

"苏先生的情况非常危险,大夫说,伤到内脏,活命的希望不大!可能还要两小时,手术才能动完,天快黑了,各位请先回家吧!"

"我们不回去,我们要在这儿守着!"

"我们要在这里,给苏慕白打气!"

"我们要一直等到他脱离危险,才会散去!"

大家你一言,我一语地喊着,没有人肯走。

黄队长难过地说:

"我也在这儿守着,我会维持秩序,我们给慕白兄祈福吧!"

"苏慕白!加油!"有人高亢地大喊。

群众立刻齐声响应,吼声震天:

"苏慕白!加油!"

一位修女看得好感动，从医院走出来，对大家说：

"上帝听得到你们的声音，请大家为他祷告吧！"

于是，群众都双手合十，各求各的神灵。

接着，梦娴和齐妈匆匆地赶来了。雨凤看到了梦娴，一句话也说不出来，就扑进她的怀里痛哭。梦娴颤巍巍地扶着她，却显得比她勇敢，她拭着泪，也为雨凤拭着泪，坚定地说：

"孩子，不要急，老天会照顾他的！大夫会救他的！一定会治好的，要不然就太没有天理了！上苍不会这样对我们，一定不会的！老天不会这么残酷！一定不会！"

雨凤只是啜泣，什么话都说不出来。

祖望和品慧也气急败坏地赶来了，看到梦娴和萧家姊弟，祖望心情复杂，简直不知道说什么好，尴尬而焦急地站在那儿，想问两个儿子的情况，但是，面对的是一群不知是"亲"还是"非亲"的人，看到的是一张张悲苦愤怒的脸庞，他就整个人都退缩了。品慧见祖望这样，也不敢说话了。还是齐妈，顾及主仆之情，过去低声说：

"二少爷只是皮肉伤，不严重。大少爷情况很危险，大夫说，只能尽人事听天命！"

祖望脚一软，跌坐在椅子里，泪，就潸潸而下了。

终于，手术室房门一开，护士推着云翔的病床出来。

病房外的人全体惊动，大家围上前去，一看是云翔，所有的人像看到鬼魅，大家全部后退，只有祖望和品慧迎上前去。品慧立刻握住云翔的手，落泪喊：

"云翔!"

云翔看着父母,恍如隔世。喉头硬着,无法说话。

护士对祖望和品慧说:

"这一位只是腿部受伤,子弹已经取出来了,没有什么严重!现在要推去病房!详细情形大夫会跟你们说!"

祖望急急地问:

"还有一个呢?"

"那一位伤得很严重,大夫还在尽力抢救,恐怕有危险!还要一段时间才能出来!"

雨凤脚下一个颠踬,站立不稳。雨鹃急忙扶住她。

云翔的眼光,不由自主地扫过手术室外面的人群,只见梦娴苍白如死,眼泪簌簌掉落,齐妈坐在她身边,不停地帮她拭泪。小三小四小五挤在一起,个个哭得眼睛红肿。小三不住用手抱着小五,自己哭,又去给小五擦眼泪。阿超挺立在那儿,一脸悲愤地瞪着他,那样恨之入骨的眼神,逼得他不得不转开视线。

医院外,传来群众的吼声:

"苏慕白,请为大家加油!我们在这儿支持你!"

云翔震动极了。心里像滚锅油煎一样,许多说不出来的感觉,在那儿挤着、炸着、煎着、熬着、沸腾着。他无法分析自己,也无力分析自己,不知道这种感觉是悔是恨,是悲是苦?只知道,那种"煎熬",带来的是前所未有的痛!他的暴戾之气,到这时,已经全消。眼神里,带着悲苦。他看向众人,只见所有的人,都用恨极的眼光,瞪着他。他迎视着这些眼光,生平第一次,觉得自己会在乎这些眼光。觉得这每一道眼光,都锐利如刀,正对他一刀刀刺下。每一刀都直刺到内心深处。

祖望感到大家的敌意,和那种对峙的尴尬,对品慧说:

"你陪他去病房,我要在这儿等云飞!"

品慧点头,不敢看大家,扶着病床,匆匆而去。

雨凤见云翔离去了,就悲愤地冲向窗前,凝视窗外的穹苍,雨鹃跟过去,用手搂着她的肩。无法安慰,泪盈于眶。

阿超走来,嘴里念念有词:

"一次挡不了刀,一次挡不了枪,阿超!你这个笨蛋!有什么脸站在这儿,有什么脸面对雨凤雨鹃?"

雨凤看着窗外的天空,喃喃地对雨鹃说:

"你不知道,当马队来的时候,他正在跟我说,他要活得比我老,照顾我一生一世……他不能这样对我,如果他死了,我绝对不会原谅他,我会……恨他一辈子!"她吸了口气,看着雨鹃,困惑已极地说:"我就是想不明白呀,他怎么可以拿身子去挡子弹呢?他不要我了吗?所有的誓言和承诺,所有的天长地久,在那一刹那,他都忘了吗?"

人人听得鼻酸,梦娴更是泪不可止。

祖望最是震动,忍不住,也老泪纵横了。他看着梦娴,千言万语,化为一句:

"梦娴,对不起!我……我好糊涂,我错怪云飞了!"

梦娴泪水更加涌出,抬头看雨凤:

"不要对我说,去对雨凤说吧!"

祖望抬头，泪眼看雨凤。要他向雨凤道歉，碍难出口。

雨凤听而不闻，只是看着窗外的天空。落日已经西沉，归鸟成群掠过。

天黑了。终于，手术室的门，豁然而开。

全体的人一震，大家急忙起立，迎上前去。

云飞躺在病床上面，脸色比被单还白，眼睛紧紧地闭着，眼眶凹陷。仅仅半日之间，他就消瘦了。整个人像脱水一样，好像只剩下一具骨骼。好几个护士和大夫，小心翼翼地推着病床，推出门来。

雨凤踉跄地扑过去，护士急忙阻止：

"不要碰到病床！病人刚动过大手术，绝对不能碰！"

雨凤止步，眼光痴痴地看着云飞。

几个医生，都筋疲力尽。梦娴急问：

"大夫，他会好起来，是不是？"

"他已经渡过危险了？他会活下去，对不对？"祖望哑声地跟着问。

大夫沉重地说：

"我们已经尽了全力了！现在，要看他自己的造化了！如果能够挨过十二小时，人能够清醒过来，就有希望活下去！我们现在，要把他送进特别病房，免得细菌感染。你们家属，只能有一个陪着他，是谁要陪？"

雨凤一步上前。大家就哀伤地退后。

护士推动病床，每双眼睛，都盯着云飞。

梦娴上前去，紧紧地抱了雨凤一下，说：

"他对你有誓言,有承诺,有责任……他从小就是一个守信用,重义气的孩子,他答应过的事,从不食言的!请你,帮我们大家唤回他!"

雨凤拼命点头,目不转睛地看着云飞。看到他一息尚存,她的勇气又回来了。云飞,你还有我,你在人世的责任未了!你得为我而活!她扶着病床,向前坚定地走去,步子不再踌躇了。

大家全神贯注地目送着。每个人的心,都跟着两人而去。

这天晚上,因为云飞没有脱离险境,医院内外守候的朋友,也没有任何一个人离去。在医院里的人,还有凳子坐,医院外的人,就只有席地而坐。

医院里的两位修女,从来没有看过这种情形,一个病人,竟然有这么多的朋友为他等待!

她们感动极了,拿了好多的蜡烛出来,发给大家,说:

"点上蜡烛,给他祈福吧!"

虽然点蜡烛祈福,是西方的方式,但是,大家已经顾不得东方西方,中国神还是外国神。大家点燃了蜡烛,手持烛火,虔诚祝祷。

郑老板和金银花匆匆赶到,看到这种情形,不禁一愣。黄队长见到郑老板,又是惭愧,又是抱歉,急急地迎上前去。

"怎样了?救得活吗?"郑老板着急地问。

黄队长难过地说:

"对不起,祸是我闯的!真没想到会变成这样!我就有十八个脑袋,也没有一个脑袋会料到,慕白居然会扑过去救那只夜枭!"

郑老板深深点头,伸手按住黄队长的肩:

"不怪你,他们是兄弟!"

"到底手术动完没有?"金银花问。

"手术已经完了,可是,人还在昏迷状态!大夫说,非常非常危险!"

这时,群众中,有一个人开始唱歌,唱着萧家姊妹常唱的《人间有天堂》。

这歌声,立刻引起大家的回应。大家就手持烛火,像唱圣诗一般地唱起歌来:

在那高高的天上,阳光射出万道光芒,当太阳缓缓西下,黑暗便笼罩四方,可是那黑暗不久长,因为月儿会悄悄东上,把光明洒下穹苍。即使没有太阳也没有月亮,朋友啊,你们不要悲伤,因为细雨会点点飘下,滋润着万物生长。这个世界就是这样:只要你心里充满希望,人间处处,会有天堂……

郑老板心里涌上一股热浪,有说不出的震动和感动,对金银花说:

"金银花,你去买一些包子馒头,来发给大家吃……这样吧,干脆让待月楼加班,煮一些热汤熟饭,送来给大家吃!"

金银花立刻应着：

"好！我马上去办！"

一整夜，雨凤守着云飞。

天色渐渐亮了，云飞仍然昏迷。

大夫不停地过来诊视着他，脸色沉重，似乎越来越没有把握了。

"麻醉药的效力应该过去了，他应该要醒了！"大夫担忧地说。

雨凤看着大夫的神色，鼓起勇气问：

"他是不是也有可能，从此不醒了？"

大夫轻轻地点了点头，没办法欺骗雨凤，他诚实地说：

"这种情况，确实不乐观，你最好要有心理准备……你试试看，跟他说说话！不要摇动他，但是，跟他说话，他说不定听得见！到了这种时候，精神的力量和奇迹，都是我们需要的！"

雨凤明白了。

她在云飞床前的椅子里坐下，用热切的眸子，定定地看着他。然后，她把他的手紧紧一握，开始跟他说话。她有力地说：

"云飞，你听我说！我要说的话很简短，而且不说第二遍！你一定要好好地听！而且非听不可！"

云飞的眉梢，似乎轻轻一动。

"从我们相遇到现在，你跟我说了无数的甜言蜜语，也向我发了许许多多的山盟海誓！我相信你的每一句话，这才克服了各种困难，克服了我心里的障碍，和你成为夫妻！现在，寄傲山庄已经快要建好了，我们的未来，才刚刚开始，我绝对，绝对，绝对不允许你做一个逃兵！你一定要醒过来面对我！要不然，你就毁掉了我对整个人生的希望！你那本《生命之歌》也完全成为虚话！你不能这样！不可以这样！"

云飞躺着，毫无反应。她看了他一会儿，叹了口气：

"不过，如果你已经决定不再醒来，我心里也没有恐惧，因为，我早已决定了！生，一起生，死，一起死！现在，有阿超帮着雨鹃照顾弟弟妹妹，还有郑老板帮忙，我比以前放心多了！所以，如果你决定离去，我会天上地下地追着你，向你问个清楚，你千方百计把我骗到手，就为了这短短的两个月吗？世界上，有像你这样不负责任的男人吗？"

云飞的眉梢，似乎又轻轻一动。

"你说过，你要活得比我老，你要照顾我一生一世！你说过，你会用你的一生，来报答我的深情！你还说过，我会一辈子是你的新娘，当我们老的时候，当我们鸡皮鹤发的时候，当我们子孙满堂的时候，我还是你的新娘！你说了那么多的话，把我感动得一塌糊涂！难道，你的'一生'只是这么短暂，只是一个'骗局'吗？"她低头，把嘴唇贴在他的耳边，低而坚决地说，"慕白，当我病得昏昏沉沉的时候，你对我说过几句话，我现在要说给你听！"

云飞的眉头，明显地皱了皱。她就稳定而热烈地低喊：

"我不允许你消沉，不允许你退缩，不允许你被打倒，更不允许你从我生命里隐退,我会守着你,看着你,逼着你好好地活下去!"

这次,云飞眉头再一皱,皱得好清楚。

窗外,群众的呼叫和歌声传来。

雨凤两眼发光地盯着他:

"你听到了吗?大家都在为你的生命祈祷,大家都在为你守候,为你加油!你听!这种呼唤,不是我一个人的,是好多好多人的!你'一定'要活过来!你这么热情,你爱每一个人,甚至展夜枭!这样的你,不能让大家失望,不能让大家伤心,你知道吗?你知道吗?"

云飞像是沉没在一个深不见底的大海里,一直不能自主地往下沉,往下沉,往下沉……可是,就在这一次次的沉没中,他却一直听到一个最亲切、最热情的声音,在喊着他,唤着他,缠着他……这个声音,逐渐变成一股好大的力量,像一条钢缆,绕住了他,把他拼命地拖出水面,他挣扎着,心里模糊地喊着:不能沉没!不能沉没!终于,他奋力一跃,跃出水面,张着嘴,他大大地呼吸,他脱困了!他不再沉没了,他可以呼吸了……他的身子动了动,努力地睁开了眼睛。

"雨凤……雨凤?"他喃喃地喊。

雨凤惊跳起来,睁大眼睛看着他,扑下去,迫切地问:

"云飞?你听到我说的话吗?你听到了我,看到了我吗?"

他努力集中视线,雨凤的影子,像水雾中的倒影,由模糊而转为清晰。雨凤……那条钢缆,那条把他拖出水面的钢缆!他的眼睛潮湿,里面,凝聚着他对生命的热爱和力量,他轻声说：

"我一直看到你，一直听到了你……"

雨凤呼吸急促，又悲又喜，简直不能相信，热切地喊：

"云飞！你真的醒了吗？你认得我吗？"

他盯着她，努力地看她，衰弱地笑了：

"你化成灰，我也认得你！"

雨凤的泪，顿时稀里哗啦地流下，嘴边带着笑，大喊：

"大夫！大夫！他醒了！他醒了！"

大夫和护士们奔来。急急忙忙诊视他，察看瞳孔，又听心跳。大夫要确定云飞的清醒度，问他：

"你叫什么名字？"

"这是我最头痛的问题！好复杂！"云飞衰弱地说。

大夫困惑极了，以为云飞神志不清，仔细看他。

"我……好像有两世，一世名叫展云飞，一世名叫苏慕白……"他解释着。

雨凤按捺不住，在旁边又哭又笑地喊：

"大夫！你不用再怀疑了，他活过来了！他的前世，这世，来世……都活过来了！管他叫什么名字，只要他活着，每个名字都好！"

窗外，传来群众的歌声，加油的吼声。

雨凤奔向窗口，俯身到窗外，拿出手帕，对窗外挥舞，大叫：

"他活过来了！他活过来了！他活过来了……"

医院外，群众欢腾。大家掏出手帕，也对雨凤挥舞，吼声震天：

"苏慕白，欢迎回到人间！"

云飞听着，啊！这个世界实在美丽！

雨凤对窗外的人，报完佳音，就想起在病房外守候的梦娴和家人了，她转身奔出病房，对大家跑过去，又哭又笑地喊着：

"他醒了！大夫说他会好！他渡过了危险期，他活过来了！他活过来了！"

阿超一击掌，跳起身子，忘形地大叫：

"我就知道他会好！他从来不认输，永远不放弃！这样的人，怎么会那么容易死！"

金银花眉开眼笑，连忙上前去，跟雨凤道贺：

"恭喜恭喜！我从来没有这样激动过！咱们家刚刚嫁出的女儿，怎么可能没有长命百岁的婚姻呢？"

雨鹃一脸的泪，抱着小三、小四、小五跳：

"他活了！他活了！神仙听到我们了！"

齐妈扶着梦娴，跑过去抓着雨凤的手。

"雨凤啊！你不负众望！你把他唤回来了！"梦娴说。

雨凤含着泪，笑着摇头：

"是大家把他唤回来了！这么美丽的人生，他怎么舍得死？"

祖望含泪站着，心里充满了感恩。他热烈地看着雨凤，好想对她说话，好想跟她说一声谢谢，却生怕会被排斥，就傻傻地站着。

郑老板大步走向他，伸手压在他的肩上，哈哈笑着：

"展先生，你知道吗？我实在有点嫉妒你！虽然你失去了一些金钱，但是，你得回了一个好儿子！我这一生，如果说曾经佩服过什么人，那个人就是云飞了！假若我能够有一个这样的儿子，什么钱庄煤矿，我都不要了！"

祖望迎视着郑老板，这几句话，像醍醐灌顶，把他整个唤醒了。

郑老板说完，就回头看看金银花：

"慕白活了，我们也不用再在医院守候了，干活去吧！"

说着，就把手臂伸给金银花，不知怎的，突然珍惜起她这一份感情来了。人生聚散不定，生死无常，该把握手里的幸福。金银花在他眼中，看到了许多没说出口的话，心里充满了惊喜。她就昂头挺胸，满眼光彩地挽住郑老板，走出医院。推开大门，医院外亮得耀眼的阳光，就迎面走了过来。她抬眼看天，嫣然一笑，扭着腰肢，清脆地说：

"哟！这白花花的太阳，闪得我眼睛都睁不开！真是一个好晴天呢！冬天的太阳，是老天爷给的恩赐，不晒可白不晒！我得晒晒太阳去！"

"我跟你一起，晒晒太阳去！反正……不晒白不晒！"郑老板笑着接口，揽紧了她。

30

　　云飞活过来了,整个萧家就也活过来了。大家把云飞那间病房,变成了俱乐部一样,吃的、喝的、用的、穿的……都搬来了。每天,房间里充满了歌声、笑声、喊声、谈话声……热闹得不得了。

　　相反地,在云翔的病房里,却是死一样的沉寂。云翔自从进了医院,就变了一个人,他几乎不说话,从早到晚,只是看着窗外的天空出神。尽管品慧拼命跟他说这个,说那个,祖望也小心地不去责备他,刺激他,他就是默默无语。

　　这天,云飞神清气爽地坐在床上。雨凤、雨鹃、梦娴、齐妈、小三、小四、小五全部围绕在病床前面,有的削水果,有的倒茶,有的拿饼干,有的端着汤……都要喂给云飞吃。小五拿着一个削好的苹果,嚷着:

　　"我刚刚削好的,我一个人削的,都没有人帮忙耶!你快吃!"

小三拿着梨，也嚷着：

"不不不！先吃我削的梨！"

"还是先把这猪肝汤喝了，这个补血！"梦娴说。

"我觉得还是先喝那个人参鸡汤比较好，中西合璧地治，恢复得才快！"齐妈说。

"要不然，就先吃这红枣桂圆粥！"雨凤说。

云飞忍不住大喊：

"你们饶了我吧！再这样吃下去，等我出院的时候，一定会变成一个大胖子！雨凤，你不在乎我'脑满肠肥'吗？"

雨凤笑得好灿烂：

"只要你再不开这种'血溅寄傲山庄'的玩笑，我随你脑怎么满，肠怎么肥，我都不在乎了！"

阿超纳闷地说：

"这也是奇怪，一次会挨刀子，一次会挨枪子，这'寄傲山庄'是不是有点不吉利？应该看看风水！"

雨鹃推了他一把：

"你算了吧！什么寄傲山庄不吉利，就是你太不伶俐，才是真的！"

阿超立刻引咎自责起来：

"就是嘛，我已经把自己骂了几千几万遍了！"

小四不服气了，代阿超辩护：

"这可不能怪阿超，隔了那么远，飞过去也来不及呀！"

齐妈笑着，对雨鹃说：

"你可别随便骂阿超，小四是最忠实的'阿超拥护者'，你骂他会引起家庭战争的！"

阿超心情太好了，有点得意忘形，又接口了：

"就是嘛！其实我娶雨鹃，都是看在小三、小四、小五分上，他们对我太好了，舍不得他们，这才……"

雨鹃重重地咳了一声嗽：

"嗯哼！别说得太高兴哟！"

小三急忙敲了敲阿超的手，提醒说：

"当心她又弄一百零八颗扣子来整你！"

"一百零八颗扣子也就算了，还要什么诗意、情调、浪漫、好听……那些，才麻烦呢！"小四大声说。

雨鹃慌忙赔笑地嚷嚷：

"我们换个话题好不好？"

大家笑得东倒西歪。就在这一片笑声中，门口，有人敲了敲房门。

大家回头去看。一看，就全体呆住了。原来，门外赫然站着云翔！他撑着拐杖，祖望和品慧一边一个扶着，颤巍巍地站在那儿。

房里，所有的笑声和谈话声都戛然而止。每一个人都瞪大了眼睛，看着门外。

双方对峙着，有片刻时间，大家一点声音都没有。

祖望终于打破沉寂，软弱地笑着：

"云飞，云翔说，想来看看你！"

阿超一个箭步，往门口一冲，拦门而立，板着脸，激动地说：

"你不用看了,被你看两眼,都会倒霉的!你让大家多活几年吧!"

小四跟着冲到门口去,瞪着云翔,大声地说:

"你不要再欺负我的姊姊妹妹,也不要再去烧寄傲山庄!我跟你定一个十年的约会,你有种就等我长大,我和你单挑!"

品慧看到一屋子敌意,对云翔低声说:

"算了,什么都别说了,回去吧!"

云翔挺了挺背脊,不肯回头。祖望就对云飞低声说:

"云飞,他是好意,他……想来跟你道歉!"

雨鹃瞪着云翔,目眦尽裂,恨恨地说:

"算了吧!免了吧!黄鼠狼给鸡拜年,不安好心!我们用不着他道歉,谁知道是真的还是假的?只要他进了这屋子,搞不好又弄得血流成河,够了!"

云飞不由自主,抬眼去凝视云翔。兄弟两个,眼光一接触,云翔眼中,立刻充泪了。云飞心里怦然一跳,他终于看到了"云翔",那个比他小了四岁,在童稚时期,曾经牵着他的衣袖,寸步不离,喊着"哥哥"的那个小男孩!他深深地注视云翔,云翔也深深地注视他。在这电光石火之间,兄弟两个的眼光已经交换了千言万语。

云飞感到热血往心中一冲,有无比的震动。他说:

"阿超,你让开!让他进来!"

阿超不得已,让了让。

云翔拄杖,往房间里跛行了几步。阿超紧张兮兮地喊:

"可以了!就在这儿,有话就说吧!保持一点距离比较好！要不然，又会掐他一把，撞他一下，简直防不胜防！"

云翔不再往前，停在房间正中，离床还有一段距离，看着云飞。

云飞就温和地说：

"有什么话？你说吧！"

云翔突然丢下拐杖，扑通一声，对云飞跪了下去。

大家都吓了一大跳。

品慧弯腰，想去扶他，他立即推开了她。他的眼光一直凝视着云飞，哑声地，清楚地开口了：

"云飞，我这一生，一直把你当成我的'天敌'，跟你作战，成为我生命中最重要的事，就这样浑浑噩噩地过了二十六年！现在回想，像是害了一场大病，病中的种种疯狂行为，种种胡思乱想，简直不可思议！如今大梦初醒，不知道应该对你说什么？也不知道该怎样才能让你了解我的震撼！在你为我挡子弹的那一刹那，我想，你根本没有经过思想，那是你的'本能'，这个'本能'，把我彻底唤醒了！现在，我不想对你说'谢谢'，那两个字太渺小了，不足以代表我此时此刻的心情！我只想告诉你，你的血没有白流！因为，'展夜枭'从此不存在了！"

云翔说完，就对云飞恭恭敬敬地磕了一个头。

云飞那么震动，那么感动，心里竟然涌起一种狂喜的情绪。他热切地凝视着云翔，眼里充满了怜惜之情，那是所有哥哥对弟弟的眼光。嘴里，却一个字也说不出来。

云翔磕完头，艰难地起立。品慧流着泪，慌忙扶着他。

他转身，什么话都不再说了，在品慧的搀扶下，拄杖而去。

所有的人都呆住了，大家都震动着，安静着，不敢相信地怔着。

半晌，祖望才走到云飞床前，看看梦娴，又看看云飞，迟疑地，没把握地说：

"云飞，你出院以后，愿不愿意回家？"他又看梦娴："还有你？"

梦娴和云飞对看，双双无话。祖望好失望，好难过，低低一叹：

"我知道，不能勉强。"就对梦娴说："不过，我还是要告诉你，谢谢你，为我生了一个好儿子！"

好不容易，母子二人，才得到祖望的肯定，两人都有无比地震撼和辛酸。梦娴就低低地说：

"过去的不快，都过去了，我相信云飞和我一样，什么都不再介意了。只是，好想跟他们……"她搂住小三小五："在一起，请你谅解我！"

云飞也充满感情地接口：

"爹，回不回去，只是一个形式，重要的，是我们不再敌对了！现在，我有一个好大的家，家里有九个人！我好想住在寄傲山庄，那是我们这一大家子的梦，希望你能体会我的心情！"

祖望点点头，看到萧家五个孩子的姊弟情深，他终于对云飞有些了解了，却藏不住自己的落寞。他看了雨凤一眼，许多话哽在喉咙口，还是说不出口，转身默默地走了。

萧家五姊弟，静悄悄地站着，彼此看着彼此。大家同时体会到一件最重要的事，他们和展夜枭的深仇大恨，在此时此刻，终于烟消云散了。

故事写到这儿，应该结束了。可是，展家和寄傲山庄，还有一些事情，是值得一提的。为了让读者有更清楚的了解，我依先后秩序，记载如下：

三个月后，正是春暖花开的时节。

这天，展家大门口，来了一个老和尚。他一面敲打木鱼，一面念着经。

云翔听到木鱼声，就微跛着腿，从里面跑出来。看到老和尚，觉得似曾相识，再一听，和尚正喃喃地念着：

"一花一世界，一木一菩提，回头才是岸，去去莫迟疑！"

云翔心里，怦然狂跳，整个人像被电流通过，从发尖到脚趾，都闪过了颤栗。他悚然而惊，目不转睛地盯着老和尚看。和尚就对他从容地说：

"我来接你了，去吧！"

云翔如醍醐灌顶，顿时间，大彻大悟。他脸色一正，恭恭敬敬地应了一句：

"是！请让我去拜别父母！"

他转身，一口气跑到祖望和品慧面前，一跪落地，对父母恭恭敬敬地磕了三个头，说：

"爹！娘！我一身罪孽，几世都还不清，如今孽障已满，尘缘已尽。我去了！请原谅我如此不孝！"

说完，他站起身来，往外就走。祖望大震，品慧惊疑不定，喊着：

"云翔，你这是做什么？不可以呀！你要去哪里？"

云翔什么都不回答，径自走出房间。祖望和品慧觉得不对，追了出来。追到大门口，只见云翔对那个和尚，干脆而坚定地说：

"俗事已了，走吧！"

品慧冲上前去，拉住他，惊叫出声：

"你不能走，你还有老父老母，你走了我们靠谁去？"

和尚敲着木鱼，喃喃地念：

"冤冤相报何时了？劫劫相缠岂偶然？一花一世界，一木一菩提，回头才是岸，去去莫迟疑！"

祖望睁大眼睛，看着和尚，心里一片清明。他醒悟了，伸手拉住了品慧，他含泪说：

"孽障已满，尘缘已尽，让他去吧！"

云翔就跟着和尚，头也不回地去了。

从此，没有人再见到过他。

那个春天，寄傲山庄里是一片欢愉。

这晚，一家九口，在大厅内欢聚。灯火辉煌。雨凤弹着月琴，小三拉着胡琴，小四吹着笛子，大家高唱着《问云儿》。

梦娴靠在一张躺椅中，微笑地看着围绕着她的人群。

羊群在羊栏里咩咩地叫着。小五说：

"阿超大哥,是不是那只小花羊快要当娘了?"

"对,它快要当娘了!"

雨鹃笑着说:

"只怕……快当娘的不只小花羊吧!"

梦娴一听,喜出望外,急忙问:

"雨凤,你已经有好消息了吗?"

雨凤丢下月琴,跑开去倒茶,脸一红,说:

"雨鹃真多嘴,还没确定呢!"

云飞一惊,看雨凤,突然心慌意乱起来,跑过去,小心翼翼地拉住她问:

"那是有迹象了吗?你怎么不跟我说?你赶快给我坐下!坐下!"

雨凤红着脸,一甩手:

"你看嘛,影子还没有呢,你就开始紧张了!说不定雨鹃比我快呢!"

这下,轮到阿超来紧张了:

"雨鹃,你也有了吗?"

雨鹃一脸神秘相,笑而不答。

云飞被搅得糊里糊涂,紧张地问雨凤:

"到底你有了还是没有?"

"不告诉你!"雨凤笑着说。

梦娴伸手拉住齐妈,两人相视而笑。梦娴说不出心中的欢喜,喊着:

"齐妈!我等到了!齐妈……我等到了呀!"

齐妈摇着梦娴的手,笑得合不拢嘴:

"我知道,我有得忙了!小衣服,小被子,雨凤的,雨鹃的,我一起准备!"

云飞看着雨凤,映华的悲剧,忽然从眼前一闪而过。他心慌意乱,急促地问:

"什么时候要生?"

"到时候你就知道了!"她了解地看他,给他稳定的一笑,"你放心!"

"放心?怎么可能放心呢?"云飞瞪大眼,自言自语。

阿超也弄得糊里糊涂,说:

"雨鹃,你到底怎样?不要跟我打哑谜呀,我也很紧张呀!"

雨鹃学着雨凤的声音说:

"不告诉你!到时候你就知道了!"

阿超跟云飞对看,两个人都紧紧张张。阿超叫着说:

"哇!你们两个,通通给我坐下来,谁都不要动了!坐下!坐下!"

"你们两位大男人,不要发神经好不好?"雨鹃啼笑皆非地喊。

小四白了阿超一眼,笑着嚷:

"阿超,你不要笨了,你看看,那只小花羊有坐在那儿等生宝宝,坐几个月不动吗?"

雨鹃追着小四就打:

"什么话嘛!把你两个姊姊比成小花羊!"

一屋子大笑声。

梦娴拉着雨凤的手,笑着左看右看,越看越欢喜:

"雨凤啊!我觉得好幸福!谢谢你让我有这样温暖的一段日子!"她深深地靠进躺椅中:"好想听你唱那首《问云儿》!"

雨凤就去坐下,抱起月琴:

"那么,我就唱给你听!这首歌,是我和云飞第一次见面那天唱的!"

小三拉胡琴,小四吹笛子,雨凤开始唱着《问云儿》。

齐妈拿了一条毯子来,给梦娴盖上。

雨凤那美妙的歌声,飘散在夜色里。

　　问云儿,你为何流浪?问云儿,你为何飘荡?问云儿,你来自何处?问云儿,你去向何方?问云儿,你翻山越岭的时候,可曾经过我思念的地方?见过我梦里的脸庞?问云儿,你回去的时候,可否把我的柔情万丈,带到她身旁,告诉她,告诉她,告诉她……唯有她停留的地方,才是我的天堂……

梦娴就在这歌声中,沉沉睡去,不再醒来了。

云飞后来,在他的著作中,这样写着:

　　第一次,我发觉"死亡"也可以这么安详,这么温暖,这么美丽。

梦娴葬进了展家祖坟。

这天，云飞和祖望站在梦娴的墓前。父子两个，好久没有这样诚恳地谈话。

"真没想到，短短的半年之间，会有这么大的变化，你娘走了，云翔出家了，展家也没落了……"祖望无限伤感地说，"正像你说的，转眼间，就落叶飘满地了！"

云飞凝视着父亲，伤痛之余，仍然乐观：

"爹！不要太难过了，退一步想，娘走得很平静很安详，也是一种幸福！云翔大彻大悟，放下屠刀立地成佛，也是一件好事！至于展家，还有祖产，足以度日。几家钱庄，只要降低利息，抱着服务大众的心态来经营，还是大有可为的！何况还有一些田产，并没有到山穷水尽的地步！"

祖望看着他，期期艾艾地说：

"云飞，你……你回来吧！"

云飞震动了一下，默然不语。

"自从你代云翔挨了一枪，我心里有千千万万句话想对你说，可是，我们父子之间误会已深，我几次想说，几次都开不了口。"

云飞充满感性地接口：

"爹，你不要说了，我都了解！"

"现在，我要你回家，你可能也无法接受。好像我在有云翔的时候排斥你，失去云翔的时候再要你，我自己也觉得好自私。可是，我真的好希望你回来呀！"

云飞低头，沉吟片刻，叹了一口长气：

"不是我不肯回去，而是，我也有我的为难。现在，我的家庭，是一个好大的家庭，我不再是一个没有羁绊的人，我必须顾虑雨凤他们的感觉！直到现在，雨凤从没有说过，她愿意做展家的媳妇！正像你也从来没对雨凤说过，你愿意接受她作为媳妇一样！我已经死里逃生，对于雨凤和那个家，十分珍惜。我想，要她进展家的大门，仍然难如登天。何况，我现在养牛养羊，过着田园生活，一面继续我的写作，这种生活，是我一生梦寐以求的，你要我放弃这种生活，我实在舍不得！"

祖望看着他，在悔恨之余，也终于了解他了：

"我懂了，我现在已经可以为你设身处地去想了，我不会，也不忍让你放弃你的幸福……可是，有一句话一定要对你说！"

"是！"

"到了今天，我不能不承认，你是我最大的骄傲！"

云飞震动极了，盯着祖望：

"有一句话，我也一定要对你说！"

祖望看着他。

"你知道寄傲山庄，坐马车一会儿就到了！寄傲山庄的大门永远开着，那儿有一大家子人，如果有一天，你厌倦了城市的繁华，想回归山林的时候，也愿意接受他们作为你的家人的时候，来找我们！"

转眼间，春去冬来。

这天，寄傲山庄里，所有的人都好紧张。齐妈带着产婆，跑出跑进，热水一壶一壶地提到雨凤房里去。

"哎哟……好痛啊……"雨凤的声音，从卧室里传出来。

云飞站在大厅里，听得心惊肉跳，用脑袋不断地去撞着窗棂，撞得砰砰作响，嘴里痛苦地喊：

"为什么要让她怀孕嘛？为什么要生孩子嘛？为什么要让她这么痛苦嘛？老天，救救雨凤，救救我们吧！"

阿超走过去，拍着他的肩，嚷着：

"你不要弄得每个人都神经兮兮，紧紧张张好不好？产婆和齐妈都说，这是正常的！这叫作'阵痛'！"

"可是，我不要她痛嘛……为什么要让她这样痛嘛……"

小三、小四、小五都在大厅里焦急地等待。比起云飞来，他们镇定多了。

雨鹃大腹便便，匆匆地跑出来，喊：

"阿超！你赶快再去多烧一点热水！"

"是！"阿超急忙应着。

云飞脸色惨变，抓住雨鹃问：

"她怎样了？情况不好？是不是……"他转身就往里面冲："我要去陪着她！我要去陪着她……"

雨鹃用力拉住他：

"你不要紧张！一切都很顺利，雨凤不要你进去，你就在外面等着，你进去了，雨凤还要担心你，她会更痛的……"

雨鹃话没说完，又传来一声雨凤的痛喊声：

"哎哟……哎啊……好痛……齐妈……"

云飞心惊胆战,急得快发疯了,丢下雨鹃,往里面冲去。他跌跌冲冲地奔进房,嘴里,急切地喊着:

"雨凤,雨凤,我真该死……你原谅我……"

齐妈跳起身子,把他拼命往外推:

"快出去!快出去!这是产房,你男人家不要进来……"

雨鹃也跑过来拉云飞,生气地说:

"你气死我了!雨凤都没有你麻烦……我们照顾雨凤都来不及了,还要照顾你……"

就在拉拉扯扯中,一声响亮的儿啼传来。产婆喜悦地大叫:

"是个男孩子!一个胖小子!"

齐妈眉开眼笑,忙对云飞说:

"生了,生了!恭喜恭喜!"

云飞再也顾不得避讳,冲到雨凤身边,俯头去看她,着急地喊:

"雨凤,你好吗?你怎样?你怎样?"

雨凤对他展开一个灿烂的笑:

"好得不得了!我生了一个孩子,好有成就感啊!"

云飞低头,用唇吻着她汗湿的额头,惊魂未定地说:

"我吓得魂飞魄散了,我再也不要你受这种苦!一个孩子就够了!"

"胡说八道!我还要生,我要让寄傲山庄里,充满了孩子的笑声!"雨凤笑着说,伸手握住他的手,"你说的,'生命就是爱'！我们的爱，多多益善！"

这时，齐妈抱着已经清洗干净，包裹着的婴儿上前：

"来！让爹和娘看看！"

雨凤坐起，抱着孩子，云飞坐在他身边，用一种崭新的、感动的眼光，凝视着那张小脸蛋。雨凤几乎是崇拜地赞叹着：

"天啊！他好漂亮啊！"

门口，挤来挤去的小三小四小五一拥而入。

大家挤在床边，看新生的婴儿。

"哇，他好小啊！下巴像我！"小三说。

"脸庞像我！"小五说。

"你们别臭美了，人家说外甥多似舅，像我！"小四说。

大家嘻嘻哈哈，围着婴儿，赞叹不已。

后来，云飞在他的著作中这样写着：

  原来，"生"的喜悦，是这么强烈而美好！怪不得这个世界，生生不息！

是的，生生不息。这个孩子才满月，雨鹃生了小阿超。寄傲山庄里，更加热闹了。真是笑声歌声儿啼声，此起彼落，无止无休。

这天黄昏，彩霞满天。

寄傲山庄在落日余晖下，冒着袅袅炊烟。

这时，一个苍老而伛偻，脚步蹒跚的老人，走到山庄前，就呆呆地站住了，痴痴地看着山庄内的窗子。这老人不是别人，正是祖望。

笑声，歌声，婴儿嘻笑声……不断传出来，祖望倾听着，渴望地对窗子里看去，但见人影穿梭，笑语喧哗，他受不了这种诱惑，举手想敲门。但是，手到门边，不由得想起自己曾经对雨凤说过的话：

"你教唆云飞脱离家庭，改名换姓，不认自己的亲生父亲，再策划一个不伦不类的婚礼，准备招摇过市，满足你的虚荣，破坏云飞的孝心和名誉，这是一个有教养、有情操的女子会做的事吗？应该做的事吗？"

他失去了敲门的勇气，手无力地垂了下来。就站在那儿，默默地看着，听着。

云飞和阿超，正带着羊群回家。小四拿着鞭子，跑来跑去地帮忙。小五跟着阿超，手里拿着鞭子，吆喝着，挥打着，嘴里高声唱着牧羊曲：

小羊儿哟，快回家哟，红太阳哟，已西落！红太阳哟，照在你身上；好像一条金河！我手拿着，一条神鞭，好像是女王！轻轻打在，你的身上，叫你轻轻歌唱……

祖望听到歌声，回头一看，见到云飞和阿超归来，有些狼狈，想要藏住自己。

阿超眼尖，一眼看到了，大叫着：

"慕白！慕白！你爹来了！"

云飞看到祖望，大为震动，慌忙奔上前去：

"爹！你什么时候来的？怎么不敲门呢？"就扬着声音急喊："雨凤！雨凤！我爹来了！"

寄傲山庄的大门，豁啦一声打开了。

雨凤抱着婴儿，立即跑出门来。

小三、齐妈、雨鹃也跟着跑出来。雨鹃怀里，也抱着小阿超。

祖望看见大家都出来了，更加狼狈了，拼命想掩藏自己的渴盼，却掩藏不住。

"我……我……"他颤抖地开了口。

雨凤急喊：

"小三！赶快去绞一把热毛巾来！"

齐妈跟着喊：

"再倒杯热茶来！"

雨凤凝视祖望，温柔地说：

"别站在这儿吹风，赶快进来坐！"

祖望看着她怀里的婴儿，眼睛里涨满了泪水。他往后退了一步，迟疑地说：

"我不进去了，我只是过来……看看！"

云飞看着父亲，看到他鬓发皆白，神情憔悴，心里一痛。问：

"爹，你怎么来的？怎么没看到马车？"

祖望接触到云飞的眼光，再也无法掩饰了，苍凉地说：

"品慧受不了家里的冷清，已经搬回娘家去了。家里一个人都没有了,我好……寂寞。我想,出来散散步,走着,走着,就走到这儿来了……"

"二十里路,你是走过来的吗?马车没来吗?你来多久了?"云飞大惊。

"来了好一会儿,不知道你们是不是欢迎我?"

云飞激动地喊:

"爹,我不是早就跟你说了吗?寄傲山庄永远为你开着大门呀!"

祖望看着雨凤,迟疑地说:

"可是……可是……"

雨凤了解了,抱着孩子走过去。

祖望抬头看着她,毫无把握地说:

"雨凤,我……以前对你有好多误会,说过许多不该说的话,你……会不会原谅一个昏庸的老人呢?"

雨凤的眼泪,夺眶而出。她诚心诚意地说:

"爹……我等了好久,可以喊你一声'爹'!这是你的孙子!"就对孩子说:"叫爷爷!叫爷爷!"

祖望感动得一塌糊涂,泪眼模糊,伸手握住孩子的小手,哽咽问雨凤:

"他叫什么名字?"

"他叫苏……"雨凤犹豫了一下,就坦然地更正说,"他叫展天华。天是天虹的天,华是映华的华……"又充满感情地加了一句,"展,就是您那个展!"

云飞好震动,心里热烘烘的,不禁目不转睛,深深地看雨凤。这是第一次,雨凤承认了那个"展"字。

祖望也好震动，心里也是热烘烘的，也深深地看雨凤。

所有的人，全部激动着，看着祖望、云飞、雨凤和婴儿。

祖望眼泪一掉，伸手去抱孩子。雨凤立刻把孩子放进他的怀中，他一接触到那柔柔嫩嫩、软软乎乎的婴儿，整个人都悸动起来。他紧紧地抱着孩子，如获至宝。

羊群咩咩地叫着，小四、小五、阿超忙着把羊群赶进羊栏。

雨鹃就欢声地喊：

"连小羊儿都回家了！大家赶快进来吧！"

云飞扶着祖望：

"爹！进去吧！这儿，是你的'家'呀！"

"对！"雨凤扶着祖望另一边，"我们快回家吧！"

祖望的热泪，滴滴答答落在婴儿的襁褓里。

于是，在落日下，在彩霞中，在炊烟里，一群人簇拥着祖望进门去。

后来，在云飞的著作中，他写了这样两句话：

苍天有泪，因为苍天，也有无奈。
人间有情，所以人间，会有天堂。

——全书完——

一九九七年十月十四日完稿于台北可园
一九九七年十一月五日修正于台北可园

初版后记

《苍天有泪》这个故事，是三年前就开始动笔的。那时，我写完了《烟锁重楼》，很想写一系列的民初小说，《苍天有泪》就是计划中的一部。这部小说写得有些艰苦，写写停停，始终不曾完稿。在这期间，我又对清代小说发生了兴趣，中途，停止了《苍天有泪》，去写《还珠格格》。直到《还珠格格》写完，我才定下心来，几乎是不眠不休地，把这部五十几万字的小说，一口气写完了。

我从事写作，已经数不清有多少岁月了。随着年龄的增长，对人生的看法，也有了一些改变。我常常在自我分析，也常常在自我检讨，总觉得我一直是个非常理想化的人，尽管在生命里，也有无数坎坷，也受过许多挫折，我依然相信"爱"，相信"美"。述说人类的"真情"，一直是我写作的主题。我这种固执，是带着一点"天真"的。可是，世界毕竟不像我的小说那么美好，人性也有丑陋的一面。这些年来，我已经体会到,"善"与"恶"像是同胞兄弟,有着相同的"血缘",并存在我们的生命里,主宰着我们。人性的战争,因而无休无止。

就是这个概念,引发了《苍天有泪》这个故事,造就了"云飞"和"云翔"这一对兄弟。在这本书里,我写了善,也写了恶;写了生,也写了死;写了爱,也写了恨。许多地方,我自己带着感动的情绪去写,就是不知道是不是也能感动读者。

我一向不喜欢解释自己的作品,因为,那些"解释",应该在小说里已经传达得很清楚了。如果传达得不够,是作品的失败。现在,我的看法还是这样。所以,我不再赘言了。

一部"长篇小说",是一件"巨大"的工程。对我来说,写作从来没有"容易"过。对这部小说,我自己也有许多地方不满意,总觉得,文字不够用,词汇不够用。"写作"没有因为熟练而变得容易,反而越来越难了。希望我的读者们,能够带着一颗包容的心,来看这部小说!

琼瑶

一九九七年十一月十七日

（京权）图字：01-2024-2182

图书在版编目（CIP）数据

苍天有泪. 3，人间有天堂 / 琼瑶著. -- 北京：作家出版社，2024.10

（琼瑶作品大合集）

ISBN 978-7-5212-2857-1

Ⅰ. ①苍… Ⅱ. ①琼… Ⅲ. ①言情小说 – 中国 – 当代 Ⅳ. ①I247.5

中国国家版本馆CIP数据核字（2024）第089662号

版权所有 © 琼瑶

本书版权经由可人娱乐国际有限公司授权作家出版社出版简体中文版
非经书面同意，不得以任何形式任意重制、转载。

苍天有泪3　人间有天堂

作　　者：	琼　瑶
责任编辑：	方　灸
装帧设计：	棱角视觉　纸方程·于文妍
出版发行：	作家出版社有限公司
社　　址：	北京农展馆南里10号　　邮　编：100125
电话传真：	86-10-65067186（发行中心）
	86-10-65004079（总编室）
E-mail:	zuojia@zuojia.net.cn
http:	//www.zuojiachubanshe.com
印　　刷：	唐山玺诚印务有限公司
成品尺寸：	142×210
字　　数：	139千
印　　张：	7
版　　次：	2024年10月第1版
印　　次：	2024年10月第1次印刷
ISBN	978-7-5212-2857-1
定　　价：	36.00元

作家版图书，版权所有，侵权必究。

作家版图书，印装错误可随时退换。

品琼瑶经典
忆匆匆那年

琼 瑶 作 品 大 合 集

1963	《窗外》	1981	《燃烧吧！火鸟》
1964	《幸运草》	1982	《昨夜之灯》
1964	《六个梦》	1982	《匆匆，太匆匆》
1964	《烟雨蒙蒙》	1984	《失火的天堂》
1964	《菟丝花》	1985	《冰儿》
1964	《几度夕阳红》	1989	《我的故事》
1965	《潮声》	1990	《雪珂》
1965	《船》	1991	《望夫崖》
1966	《紫贝壳》	1992	《青青河边草》
1966	《寒烟翠》	1993	《梅花烙》
1967	《月满西楼》	1993	《鬼丈夫》
1967	《翦翦风》	1993	《水云间》
1969	《彩云飞》	1994	《新月格格》
1969	《庭院深深》	1994	《烟锁重楼》
1970	《星河》	1997	《还珠格格第一部1阴错阳差》
1971	《水灵》	1997	《还珠格格第一部2水深火热》
1971	《白狐》	1997	《还珠格格第一部3真相大白》
1972	《海鸥飞处》	1997	《苍天有泪1无语问苍天》
1973	《心有千千结》	1997	《苍天有泪2爱恨千千万》
1974	《一帘幽梦》	1997	《苍天有泪3人间有天堂》
1974	《浪花》	1999	《还珠格格第二部1风云再起》
1974	《碧云天》	1999	《还珠格格第二部2生死相许》
1975	《女朋友》	1999	《还珠格格第二部3悲喜重重》
1975	《在水一方》	1999	《还珠格格第二部4浪迹天涯》
1976	《秋歌》	1999	《还珠格格第二部5红尘作伴》
1976	《人在天涯》	2003	《还珠格格第三部天上人间1》
1976	《我是一片云》	2003	《还珠格格第三部天上人间2》
1977	《月朦胧鸟朦胧》	2003	《还珠格格第三部天上人间3》
1977	《雁儿在林梢》	2017	《雪花飘落之前——我生命中最后的一课》
1978	《一颗红豆》	2019	《握三下，我爱你——翩然起舞的岁月》
1979	《彩霞满天》	2020	《梅花英雄梦之乱世痴情》
1979	《金盏花》	2020	《梅花英雄梦之英雄有泪》
1980	《梦的衣裳》	2020	《梅花英雄梦之可歌可泣》
1980	《聚散两依依》	2020	《梅花英雄梦之飞雪之盟》
1981	《却上心头》	2020	《梅花英雄梦之生死传奇》
1981	《问斜阳》		